돈 안 들이고 행복해지는 엄마의 마음여행

나답게 행복해지고 성장하는 마음글쓰기, 나행성

나답게 행복해지고 성장하는 마음글쓰기, 나행성

돈 안 들이고 행복해지는

엄마의 마음여행

현채송·정가윤 지음

뱅크북

시작하는 글

회사를 그만두고 아이들을 데리고 미국으로 건너왔습니다. 대학원 입학을 준비했지만 보기 좋게 미끄러지고, 다시 일자리를 구하려고 나서니 팬데믹이 와버렸네요. 그럴싸한 명함도 없이 말도 안 통하는 이민자로 지내려니 점점 주눅 들었습니다. 세상에 맘대로 되는 게 아무것도 없다고 느끼던 그 시절, '하루 15분, 나답게 행복해지고 성장하는 마음글쓰기' 〈나행성〉을 만나게 되었습니다.

그 작은 시작조차 겁을 낼 만큼 작아져 있던 저였습니다. 시작하고자 맘먹은 후에도 엉망인 제 글을 나행성 단체방에 인증한다는 게 눈치 보이더라고요. 그러나 글쓰기 효과는 꽤 빨리 나타났습니다. 마음글쓰기를 통해 쉽게 저에게 집중할 수 있었고 다른 사람의 시선은 신경 쓰이지 않게 되었습니다. 제 치부가 드러나는 글을 쓰면서도, 혹은 앞뒤 맞지 않는 끄적임일 뿐임에도 매일 글쓰기를 인증하는 데 거리낌이 없어졌습니다. 그만큼 저는 마음글쓰기에 심취해 있었습니다. 인생 처음 오롯이 자신에게 집중하는 경험을 했기 때문입니다. 이전에도 제가 잘하는 것을 찾기 위해 이것저것 안 해본 것이 없었습니다. 말이 없고 생각이 많은 편이라 나에 대해 고민 안 해본 것도 아닙니다. 하지만 단편적이거나 부정적인 면에 집중한 나머지 왜곡된 자아를 갖고 있었습니다. 마음글쓰기를 통해 내면을 끄집어내어 표현하게 되면서 부정적인 감정에만 치우치던 마음이 긍정적이고 생산적인 방향으로 흐르기 시작했습니다. 잊고 살았던 나를 의도치 않은 순간 알게 되는 일이 늘면서 하루하루가 축제였습니다.

혼자라면 금세 포기했을 일을 함께하기에 매일 이어갈 수 있었습니다. 서로 칭찬도, 평가도 하지 않지만 매일 함께 인증하고 응원해 주는 그 가벼운 연결 덕에 오히려 편하게 오래 할 수 있었습니다. 혼자 백지를 마주했다면 한 자도 적지 못했을 글이 주어진 질문 덕에 어렵지 않게 '시작'이라는 문턱을 넘게 해 주었습니다.

마음글쓰기에서는 매일 두 가지 질문에 답을 합니다. 먼저 힘이 되었던 순간 또는 충만하게 해 준 순간을 묻는 질문에 답하며, 나를 웃게 해주는 것을 구체적으로 알게 되고 스스로 행복할 힘이 생겼습니다. 대단하고 멋진 모습이 아닌 보통의 하루하루가 모여 행복이 되었습니다. 행복 통장에 행복을 쌓아가듯 노트에 긍정적인 나의 모습을 쌓아갔습니다. 즐거운 순간을 쌓아두니 마음도 풍요로워졌습니다. 마음 부자가 되니 쉽게 흔들리지 않게 되었습니다.

다음으로 결핍을 주는 순간을 답하면서 나의 운명이나 모자람을 탓하는 일이 줄었습니다. 힘든 시기가 와도 그건 내가 잠시 어두운 시간을 지나고 있는 거라고 의연하게 받아들이게 되었습니다. 이 또한 나태해지지 않도록 해주는 영양분이라는 걸 알게 되면서 어둠 또한 감사한 일이 되었습니다. 손바닥 뒤집듯 마음이 결핍에서 충만으로 변하는 걸 마음글쓰기로 경험하면서 어려운 일을 맞닥뜨려도 크게 동요하지 않게 되었습니다. 또한 정 싫은 건 피하는 용기도 생기더라고요. 내게 결핍을 주는 순간이 언제인지 알게 된 이후 굳이 남이나 현실에 나를 맞추려 하지 않습니다. 대신 나에게 긍정적인 기운을 주는 사람들과 일에 더 많은 에너지를 쏟고 있습니다. 좋은 사람들과 더 깊은 관계를 쌓고, 좋아하는 일에 몰두하면서 삶은 더욱 풍요로워졌습니다.

상반된 두 가지 질문을 매일 나누면서 세상을 더 넓게 바라보게 되었습니다. 그 둘이 모두 있기에 내 인생이 밋밋하지 않고 다채롭다는 걸 깨달았습니다. 이제 스스로 가하던 비난을 거두고 나를 누구보다도 따뜻하게 보듬어 줄 수 있습니다. 나를 가혹하게 대하느라 낭비하던 에너지를 삶의 활력소를 만드는 데 사용합니다. 새로운 사람들을 따뜻하게 맞이하고, 새로운 일에 도전하는 데 사용합니다. 무엇보다 사랑하는 가족과 친구들에게 집중하면서 매일이 행복입니다.

이 책은 '하루 15분, 나답게 행복해지고 성장하는 마음글쓰기', 〈나행성〉 프로젝트 1주년을 기념하며 기획되었습니다. 마음글쓰기가 가져온 기적과 같은 변화를 남들도 경험했으면 좋겠다는 것이 이 책의 시작입니다. 마음글쓰기의 방법을 알기 쉽게 설명하고 나행성을 통한 변화를 보여주고자 했습니다.

먼저 1장에서는 프로젝트의 리더인 현채송 님이 질문에 답하는 마음글쓰기에 도달하게 된 과정을 보여주면서 마음글쓰기의 효용을 알게 해 줍니다. 2장에서는 마음글쓰기의 구체적인 방법을 설명하고 함께했던 나행성 참여자들의 이야기를 소개합니다. 3장에서는 제가 마음글쓰기를 통해 어떠한 마음속 문제와 상황을 이겨냈는지 실제 사례를 보여주고자 했습니다. 4장에서는 튼튼하지만 말랑한 마음을 가진 아이를 만들기 위한 '마음읽기'를 소개하며, 5장은 마음글쓰기에 쉽게 접근하고 이어갈 수 있도록 도와주는 다양한 팁을 제시합니다. 하루 15분이라는 짧은 시간만으로 지금 있는 그곳에서 행복을 찾는 방법을 독자들과 나누고 싶습니다.

책을 내며, 1년 넘게 나행성을 이끌어 주고 공저를 추진해 주신 현채송 작가님께 가장 먼저 감사드립니다. 다음으로 저의 가장 큰 조력자이자 동반자인 남편과 진정한 행복을 알게 해준 COYA 남매에게 사랑의 마음을 전합니다. 또한 기꺼이 추천 글을 써 주신 군대 사수이자 멘토, 지신웅 님께 감사의 마음을 전하고 싶습니다. 저처럼 주어진 현실을 비관하며 작은 도전도 머뭇거리는 엄마들이 이 책을 통해 원하는 것을 이루고 행복 충만한 하루하루를 살게 되길 바랍니다.

2021년 겨울
정 가 윤

추천의 글

전문 코치로 활동하고 있는 저는 많은 고객을 만납니다. 리더십, 자기 계발, 자녀 양육, 감정조절 등 다양한 이슈를 가지고 옵니다. 코칭 대화를 나누다 보면 현재 일어나고 있는 문제의 원인을 상사나 부하, 부모나 배우자, 자녀, 친구 등 다른 사람이나 상황 탓으로 돌리는 경우가 종종 있습니다. 정작 자기를 살펴보려고 하지 않습니다. 그럴 때마다 질문을 통해 다른 관점에서 살펴볼 수 있도록 도와드립니다. 간결한 질문 한 두 개가 고객의 통찰을 불러일으키게 하는 순간입니다.

이 책은 하루 15분, 두 개의 질문을 통해 생각을 자유롭게 글로 풀어내며 자신이 소중하게 생각하는 가치를 찾아가게 되는 자전적 에세이입니다. COVID19 팬데믹으로 다른 사람과의 연결보다 자신과의 연결이 더 중요해진 지금 꼭 필요한 책입니다.

저자인 현채송 님은 상담심리학을 전공하고 상담심리전문가로 활동하고 있으며, 2년 넘게 마음글쓰기를 꾸준히 실천하고 있습니다. 덕분에 여러 감정을 온전히 받아들일 수 있게 되었고, 내면의 다양한 모습의 자신을 있는 그대로 이해할 수 있게 되었습니다. 마음글쓰기로 자신의 긍정적인 모습과 부정적인 모습을 모두 인정할 수 있게 되었습니다. 저 역시 심리학 기반의 코칭을 하면서 저자가 언급한 여러 성과를 충분히 공감하고 동시에 부러웠습니다.

또 다른 저자인 정가윤 님은 육군 대위로 전역한 장교입니다. 저와 한미연합사령부에서 같이 근무했던 후배 장교이기도 하죠. 저자는 일을 그만두고 이민 생활을 시작하면서 느꼈던 감정과 욕구를 마음글쓰기를 통해 다스려 나가는 모습을 보여줍니다. 특히, 어린 두 아이와의 '마음읽기'는 비슷한 또래의 자녀가 있는 부모라면 꼭 실행해 보기를 추천해드립니다. 예를 들어, 아이들이 이해하기 쉬운 문장으로 질문을 제시한다거나, 상황을 자세히 묘사해줌으로써 아이가 당시 느꼈던 감정에 다가갈 수 있게 하는 노력, 아이와의 대화 속에서 부모가 아이의 말에 경청할 수 있게 되었다는 것은 간단하지만 강력한 효과가 있는 방법이라고 확신합니다.

혹시 자기 느낌과 욕구를 마음껏 표출하고 싶으신가요? 마음글쓰기와 마음읽기에 도전해보세요. 자신만의 공간이 필요하신가요? 촛불 빛이 닿는 딱 그곳만큼의 자기만의 공간을 만들어보세요. 그 영역 안에서 자기 내면에 집중해보는 겁니다.

매일 15분, 하루 중 1%밖에 되지 않지만 이런 작은 습관이 쌓이게 되면 어떤 결과가 나타나는지 저자들은 직접 보여줬습니다. 이제 우리가 작은 씨앗을 뿌릴 차례입니다.

미닝풀라이프 연구소 대표
예비역 중령
점프업코치 지신웅

차 례

제4장 잘난 아이로 키우기 위한 마음읽기

제1장

스스로 질문하고
답하는 마음글쓰기

하루 15분, 나를 만나는 시간

"내가 뭘 하고 싶은지 모르겠어요."
"나는 잘하는 게 하나도 없어요."
"내가 어떤 사람인지 잘 모르겠어요."

상담현장과 주변에서 많은 사람들을 만나 이야기 나눈다. 꽤 많은 사람들이 내가 누구인지, 뭘 원하는지 모르겠다고 호소한다. 나를 잘 알기 위해서는 어떻게 해야 할까. 어떤 사람을 잘 알기 위해서는 그 사람에 대한 면밀한 관찰과 경청이 필요하다. 그렇다면 자기 자신을 잘 알기 위해서는 나를 자세히 살펴보고 내 이야기에 귀 기울여야 하지 않을까.

외출 전이나 사람들을 만나기 전에 거울을 본다. 내 모습을 그대로 비춰주기 때문이다. 자기 자신을 더 잘 알기 위해서는 내면의 모습도 그대로 반영해 주는 거울이 필요하다. 누군가 나를 잘 관찰하고 내 이야기에 귀를 기울이며 있는 그대로 되비춰 준다면 그 이상 좋은 거울이 없을 것이다. 하지만 항상 나를 살펴보고 내 이야기를 잘 들어줄 수 있는 사람은 나 자신 밖에 없다. 아무리 좋은 부모나 배우자, 형제, 친구도 늘 그럴 수는 없다. 나도 그렇게 하지 못하니 그들을 원망할 필요는 없다. 오랜 훈련에 의해 늘 나를 잘 관찰하고 경청해 줄 수 있는 상담전문가는 만나려면 시간과 비용이 많이 든다. 시간을 맞추기도 어렵고, 정해진 약속 시간 외에는 만나기 어렵다. 스스로 나를 살펴보기 위해서는 어떻게 하면 좋을까?

작가이자 저널치료사인 캐슬린 애덤스는 〈저널치료〉에서, 자신의 치료사는 하루 24시간 언제라도 이용할 수 있고, 자신의 모든 이야기를 어떤 방식으로 이야기하든 조용히 들어주며, 돈도 받지 않는다고 소개한다. 정말 그런 치료사가 있을까? 그 정체는 노트에 적는 일기였다. 날마다 일기를 쓰고 있는 나는 캐슬린 애덤스의 말에 동의한다. 지금 내가 쓰고 있는 일기는 감사일기와 '나행성 마음글쓰기'다. (나행성 마음글쓰기란 나답게 행복해지고 성장하기 위해 마음을 살펴보고 기록한다는 의미로 만든 말이다.)

나행성 마음글쓰기는 날마다 두 가지 질문을 스스로에게 던지고, 그 질문에 대해 성찰하는 일기라고 할 수 있다. 매일 감사일기를 쓰고 있었지만, 나를 더 깊이 살펴볼 수 있는 글쓰기가 필요하다고 느껴져 2019년 겨울부터 날마다 마음글쓰기를 하고 있다. 평생 글이라고는 학교나 직장에 제출하는 보고서밖에 쓴 적이 없던 내가 중년의 나이에 마음글쓰기를 시작하게 된 이유는 나 자신을 만나기 위해서다.

상담자가 되기 위해 수련을 받을 때 글쓰기의 다양한 효과에 대해 알게 되었다. 구조화된 집단상담에서는 어떤 상황에서 느꼈던 감정과 생각, 내가 했던 행동과 대안 행동, 자신의 장점과 보완점, 가장 기뻤던 때와 힘들었던 때, 가장 가치 있게 여기는 것, 10년 뒤 내 모습 등, 자기 자신에 대해 쓰고 말하는 경우가 많았다. 쓰는 것을 좋아하지 않았지만, 일단 쓰다 보면 나에 대한 통찰이 생겼다. 치유효과도 있다. 내가 꽤 괜찮은 사람인 것처럼 느껴지기도 한다.

이런 경험이 있기 때문에 가끔씩 내담자들에게 자신에 대해 글을 쓰는 과제를 내주기도 했다. 글쓰기 자체가 목적이 아니라 자기 자신을 살펴보고 어려움을 해결하기 위한 것이기 때문에 기꺼이 과제를 해 오는 분들이 많다.(동의하지 않으면 과제를 내주지 않는다.) 내담자에 따라 자신이나 가족이 잘한 점을 발견하여 칭찬일기를 쓰도록 권하기도 하고, 감사일기 쓰는 방법을 알려 주기도 한다. 생각과 감정, 행동 관찰일기를 쓰거나 하루 일과를 시간대별로 적게도 한다. 새롭게 배우고 깨달은 것이나 성취하고 향상된 것을 기록하는 성취일기도 있다. 글을 썼던 내담자들은 생각과 감정이 정리되고 새로운 관점이 생겼으며 자기 자신을 더 잘 알게 되었다고 말했다. 때로는 글을 쓰면서 복잡한 감정이 올라와 힘들 때도 있었지만, 나중에는 후련해졌다고 보고한 경우가 많았다.

글쓰기의 효과를 경험했으면서도 정작 나 자신은 글을 쓸 생각을 하지 않았다. 글을 쓰지 않아도 나는 이미 나를 충분히 공부했다고 자만했다. 그러다가 중년 전환기에 갑작스런 인생의 위기를 겪게 되었다. 혼란에 빠져 무엇을 어떻게 해야 할지, 어떻게 하고 싶은지 도무지 알 수 없었다. 앞으로 어떻게 살아야 할지 암담했다. 한참을 지나서야 나를 다시 일으켜 세우기 위해 '겨자씨 습관'이라고 이름 붙인 작은 습관을 실천하기 시작했다. 아침에 눈뜨면 물 한 잔을 마시고, 시 한 편을 읽고, 하루에 두 줄 이상 글을 쓰는 습관을 들였다. 그렇게 작은 습관을 만들어 가면서 내가 정말 원하는 것이 무엇인지, 내게 진짜 필요한 게 무엇인지 새롭게 알고 싶었다. 프랑스의 정신분석학자인 라캉이 말한 것처럼 타인의 욕망을 욕망하는 삶은 더 이상 살고 싶지 않았다. 나를 잘 안다고 생각했지만, 내가 잘 알던 나는 이미 달라져 있었다. 중년의 나를 다시 만날 필요가 있었다. 하루 15분, 마음글쓰기를 시작했다.

자기 자신을 잘 알고 싶고, 자신이 뭘 원하는지 알고 싶다고 하면서도 그 주제에 대해 시간을 할애하는 건 어렵다고 말하는 사람들이 많다. 십분 이해가 된다. 어린 아이부터 노인까지 모두가 바쁜 시대에 시간이 충분한 사람이 누가 있으랴. 바쁘다 보면 깜박 잊는 건 일상다반사다. 기껏 시간을 내어 생각해도 잘 모르겠는 경우가 태반이다. 나부터도 진득하게 앉아 한 가지 주제에 대해 생각하기가 어렵다. 시간이 없어서라기보다는 시간이 있어도 내 주의를 뺏는 것들이 널려 있기 때문이다. 집중력과 의지력이 부족한 나로서는 나 자신에 대해 깊이 생각하려면 누군가에게 말을 하거나 글로 쓸 수밖에 없었다. 내가 원할 때마다 늘 들어줄 수 있는 사람이 마땅치 않으니 글을 쓰기로 마음먹었다.

잘 쓰려는 마음은 비우기로 했다. 글쓰기 실력을 향상시키기 위해서가 아니라 나를 잘 알기 위해서 글을 쓰기로 한 거니까. 그러면서도 한편으로는 글도 잘 쓰길 바라는 은밀한 욕심이 있었다. 잘 쓰고자 하는 욕심이 있으니 내가 쓴 글이 못마땅했다. 이래서는 얼마 못가 그만둘 것 같았다. 목표를 높게 잡아야 더 좋은 성과를 내는 사람도 있다. 하지만 완벽주의적 성향을 완전히 버리지 못한 나는 잘하는 걸 목표로 삼으면 오래 가지 못할 것이 뻔했다. 조금씩 천천히 꾸준하게 하는 걸 목표로 잡기로 했다. 글쓰기도 운동이나 악기 연주처럼 연습을 통해 몸에 익혀야 나아질 테니 일단은 습관을 만드는 데 중점을 두기로 했다. 얼마나 잘했는지 평가하는 것이 아니라 했는지 안 했는지만 점검하기로 했다. 한두 줄이라도 썼으면 그날 목표는 달성이다. 체크리스트에 표시한 동그라미가 쌓이는 걸 보면, 그게 뭐라고 뿌듯했다. 나에 대해, 내 글에 대해 평가하지 않고 '그저 할 뿐'이라는 자세로 조금씩 노트를 채워갔다.

매일 나를 만나기 위해 노트를 편다. 스스로에게 한두 가지 질문을 던지고, 그 질문에 대한 마음글쓰기를 한다. 하루 15분이라고 정했지만, 어떤 날은 10분도 안 걸리고 어떤 날은 30분 이상 쓰는 날도 있다. 짧게 써도, 길게 써도 상관없다. 한두 줄만 써도 괜찮다. 날마다 시간을 내어 나를 만난다는 것이 중요하다. 바쁜 일상에서 자기를 위해 할애하는 시간은 어느 정도인가. 15분은 하루 24시간의 약 1%에 해당하는 시간이다. 나 자신에게 하루의 1%만 온전히 내어 준다면 나를 더 깊이 이해하고 성장할 수 있을 것이다.

부모교육 강사 훈련을 받을 때 들었던 이야기가 생각난다. 나무꾼이 나무를 열심히 베고 있었다. 땀을 뻘뻘 흘리며 쉬지 않고 나무를 베었지만, 도끼날이 무뎌 나무가 잘 베어지지 않았다. 지나가던 노인이 그 모습을 보고 말했다. "도끼날을 간 다음에 나무를 베면 좋지 않겠소." 그러자 나무꾼은 바빠서 그럴 시간이 없다면서 더 열심히 나무를 베었다는 이야기다.

그 나무꾼의 모습이 우리의 모습일지도 모른다. 효과적으로 살기 위해서는 나와 세상에 대해 알아야 한다. 나를 아는 것은 모든 일에 우선한다. 하루하루 살기 바빠서 나를 알아가는 시간을 내지 않고 열심히만 사는 것은 무딘 도끼날로 나무를 베는 것과 같다. 먹고 살기도 바쁘고 아이 키우기도 힘들지만, 짬짬이 TV를 보거나 SNS에 올라온 글이나 영상에 호응하는 시간도 있을 것이다. 그런 틈새 시간을 나를 공부하는 데 조금만 할애하면 어떨까.

하루 15분이 너무 길다면, 5분이라도 나를 온전히 만나는 시간을 가지면 좋겠다. 다른 사람과 만날 약속을 하면 꼭 시간을 지키는 것처럼 나랑 만날 시간을 잡아 놓고 약속을 지키는 것은 나를 소중히 여긴다는 것을 스스로에게 보여주는 것이다. 그 시간만큼은 다른 누구의 눈도 신경 쓰지 않고 온전히 나를 살피고 돌보면 나와 더 친밀해진다. 자주 만나는 사람과 더 친해지는 근접성과 친숙성의 원리는 나 자신에게도 해당된다.

나 자신을 만나기 위해 꼭 글을 쓸 필요는 없지만, 혼자서 하기에 글쓰기만큼 간편하고 강력한 도구는 드물다. 텍사스 대학교 오스틴의 제임스 W. 페니베이커 교수는 표현적 글쓰기가 엄청난 힘을 가진 자기성찰 도구라고 말한다. 글쓰기를 통해 '우리는 내면을 성찰하고 우리가 누구인지 검토할 수밖에 없게' 되며, '이런 자기 탐구는 사는 동안 평생 우리 삶을 변화시키게 된다'는 것이다. 만약 내가 어떤 사람인지 더 잘 알고 싶다면, 매일 조금씩 성장하고 변화하고 싶다면, 하루 15분만 자기 자신을 위해 시간을 내주기 바란다. 스스로에게 질문을 던지고 자신을 성찰하는 글쓰기를 시작해보자.

질문하는 이유

질문하는 직업을 가졌다. 인터뷰어는 아니지만 접수면접(intake interview)과 상담을 통해 내담자에게 자주 질문한다. 질문은 내담자에 대한 정보를 수집하고, 탐색을 도우며, 자각과 이해를 깊게 한다. 상담 중에 핵심 주제에서 벗어나지 않게 하고 표현을 촉진하기도 한다. 이렇게 질문에는 다양한 기능이 있지만 평소에 질문을 하는 이유는 크게 두 가지 때문이다.

첫 번째 이유는 상대방을 이해하기 위해서다. 우리의 삶은 스스로가 자기 경험에 의미를 부여하며 구성한 것이다. 우리의 경험은 객관적인 외부세계에서 주어지는 것이 아니라 '나'의 내면세계가 관여하여 만들어진다. 상대방의 내면세계를 알지 못하면 그의 경험을 이해하기 어렵다. 누군가를 이해하려면 그 사람에 대해 잘 알지 못한다는 자세와 깊은 관심이 필요하다. 그래야 질문할 수 있다. 안다고 생각하면 질문하지 않는다.

출처는 정확하게 모르지만 수업할 때 가끔 인용하는 〈소와 사자의 사랑이야기〉란 우화가 있다. 소와 사자가 서로 사랑해서 결혼을 했다. 소는 사자를 위해 매일 신선한 풀을 대접하려고 노력했다. 사자는 풀이 싫었지만 참고 먹었다. 한편 사자는 소에게 매일 맛있는 고기를 대접하기 위해 애썼다. 소는 괴로웠지만 꾹 참았다. 계속 참기만 하다가 다투게 된 둘은 서로에게 "나는 최선을 다했어."라는 말을 남기고 결국 헤어진다.

서로에게 뭘 좋아하냐고, 내가 어떻게 해주길 바라냐고 물어봤으면 좋았을 텐데.......

내 아이를 잘 안다고 믿는 부모는 아이에게 묻지 않고 짐작한다. 내 생각에 아이에게 좋다고 여겨지는 것을 주면서 아이가 그것을 원할 거라고 생각한다. 배우자든 부모형제든 직장동료든 상대방에 대해 잘 안다고 생각하기 때문에 질문하지 않는다. 내 추측이 틀림없다고 믿는다. 하지만 상대방을 깊이 이해하려는 마음을 가지고 대화에 임하면 필연적으로 질문할 수밖에 없다. 그의 관점, 욕구, 감정, 생각 등을 알아야 그의 경험을 이해할 수 있기 때문이다. 누군가를 이해하기 위해서는 질문이 필요하다. 질문은 상대방을 이해하기 위한 도구이자 상호작용을 돕는 도구이다.

질문하는 두 번째 이유는 상대방이 스스로 해답을 찾을 수 있도록 돕기 위해서다. 우리 주변에는 누군가 자기 문제의 답을 알려주길 바라는 사람들이 넘쳐난다. 나도 누가 답을 주면 좋겠다. 날마다 부딪치는 여러 문제에 정답이 있으면 얼마나 좋을까. 하지만 삶의 문제에는 대개 정답이 없다. 누군가 방법을 알려 준다고 해서 사람들이 그대로 따르는 것도 아니다. 실행하기 어려워서일 수도 있고, 다른 사람에게 좋은 방법이 나에게도 잘 맞으리란 법이 없기 때문이다. 조언을 구하지만, 대부분의 사람들은 자신이 끌어내고 선택했다고 믿는 방법을 선호한다. 따라서 질문을 통해 스스로 해결책을 찾을 수 있도록 도우려고 하는 것이다. 질문은 답을 찾게 만드는 힘이 있다. 질문을 받으면 사람들은 생각하기 시작한다. 우리는 질문하고 답하면서 배우고 성장한다. 질문은 해답을 찾고 삶을 변화시킬 수 있는 좋은 도구이다.

질문이 상대방을 이해하고 그가 스스로 해답을 찾을 수 있도록 돕는 도구라면 자기 자신에게 쓰지 않을 이유가 없다. 다른 사람에게 질문하는 것이 서로 소통하는 것을 돕는다면, 자기에게 질문하는 것은 나 자신과 소통하게 만든다. 자신에게 질문을 던지고 답을 찾는 과정을 통해 나를 점점 더 잘 알게 되고, 내 삶의 방향을 찾을 수 있다.

하버드 경영대학원의 앨리슨 우드 브룩스 교수와 동료들의 연구에 따르면, 질문을 많이 한 그룹의 사람들은 그렇지 않은 그룹의 사람들보다 호감을 얻고 상대방의 관심사를 잘 파악하는 것으로 나타났다. 그렇다면 스스로에게 질문을 던지면 어떻게 될까? 내 경험으로는 나에 대해 더 잘 파악하게 되고 나 자신에 대한 호감도 조금씩 증가했다.

자기 자신에게 질문하고 답하는 일은 익숙하면서도 낯선 일이다. 우리는 하루에도 수십 번씩 스스로에게 질문한다. 궁금하거나 의사결정이 필요한 일들을 대부분 질문의 형태로 생각하게 된다. '오늘 저녁에는 뭐 먹지?' 같은 가벼운 질문부터 주어진 상황에서 어떻게 행동할까를 수시로 머릿속으로 떠올린다. 질문은 우리가 추구하는 목표를 달성하는 데 도움이 되기도 하지만, 답을 찾기도 전에 잊어버리는 경우가 흔하다. 나 자신을 깊이 이해하고, 삶의 방향을 찾아 성장하고 싶다면 좀 더 의식적으로 질문해야 한다. 토니 로빈스의 〈네 안에 잠든 거인을 깨워라〉라는 책에서는 사람들 간의 차이는 지속적으로 묻는 질문의 차이에 있으며, 가치 있는 삶을 살기 위해서는 자기 자신에게 가치 있는 질문을 꾸준히 던져야 한다고 말한다. 그렇지만 의식적으로 가치 있는 질문을 하는 것은 어렵게 느껴진다. 질문하도록 북돋아 주는 환경에서 자라지 못했기 때문이다.

어릴 때 호기심이 많았다. "이건 뭐야?", "왜 그런 거야?", "어떻게 되는 거야?" 같은 질문을 달고 살았다. 부모님은 "원래 그런 거야.", "네가 나중에 책 찾아봐.", "나중에 크면 알게 돼."처럼 대답하시다가 나중에는 "그런 쓸데없는 질문은 그만하고 할 일이나 해라." 혹은 "나도 잘 모르겠다."고 하시며 질문을 피하셨다. 학교에서도 질문을 많이 하는 아이는 친구들이 별로 좋게 보지 않았다. 진도 나가는 데 방해가 되거나 쉬는 시간을 뺏는다며 싫어했다. 그러다 보니 질문하는 게 눈치 보였다. 그런 것도 모르는 무지하고 무능한 사람처럼 보일까 봐 걱정되었다. 질문을 받는 것도 부담스러웠다. 제대로 대답하지 못할까 봐 조마조마했다. 그 당시 내가 생각했던 제대로 된 대답은 완벽한 대답, 상대방이 원하는 대답이었다. 완벽하지 못하거나 상대방이 원하지 않는 대답을 하면 비웃음 당하거나 인정받지 못할까 봐 두려웠던 것이다.

상담 수련을 하면서 질문에 대해 다시 생각하게 되었다. 상담자 수련 과정에는 수련생이 상담전문가에게 상담을 받는 것도 포함된다. 상담을 받을 때, 상담선생님이 던지는 질문에 대해 생각하고 이야기했던 것이 생각과 감정을 명료화하고 나를 더 깊이 이해하는 데 큰 도움이 되었다. 어떤 질문은 오래 남아 나중에 나의 내담자에게 전달되기도 했다.

오랜 세월이 지나다 보니 나 자신에 대해 잘 알고 있다는 교만이 생겼다. 우리 마음은 고정되어 있지 않고, 삶도 계속 변화한다. 그럼에도 잘 알고 있다고 믿으니 스스로에게 질문하지 않았다. 결혼 후 5년 만에 아이를 낳아 키우면서 일하고 공부하느라 숨 가쁘게 30대를 질주했다. 이제 안정적인 삶을 누리게 되었다며 한숨 돌렸던 40대의 어느 날 문득 내가 누구인지 알다가도 모르겠다는 마음이 들었다. 나 자신에게 어떤 질문을 해야 할지 잘 떠오르지 않았다. 책을 읽었다. 책에는 많은 질문거리가 있었다. 질문거리는 발견했으나 답을 하기는 쉽지 않았다. 바쁘고 번잡해진 일상에서 곰곰이 생각하는 게 어려웠다. 생각하다 말고 휴대폰을 들여다보고, 잠깐 생각하다가 아이 밥을 차려 주거나 다른 일을 하다가 까맣게 잊어버리기 일쑤였다. 솔직히 말하면 나 자신에게 질문 던지기를 주저했다. 질문을 하면 답을 해야 하기 때문이다. 말로는 나 자신에 대해 새롭게 알고 싶고, 성장하고 싶다고 하면서도 실제로 행동으로 옮기는 건 미루었다.

내게 질문하고 내 얘기를 들어줄 사람이 필요했다. 바쁜 일상 속에서 정기적으로 시간 맞춰 다른 사람을 만나기는 어려웠다. 나 자신과 대화하기로 했다. 노트에 질문을 적고 답하기 시작했다. 나를 살펴보는 게 주된 목적이었기 때문에 글씨, 문법, 문장 구성 등에 대해서는 신경 쓰지 않기로 했다. 질문을 보고 떠오른 생각을 글로 쓰면서 매일 15분 이상 나를 만나는 시간을 가졌다. 내가 진짜로 바라는 것은 무엇인지, 나에게 힘과 위로를 주는 것이 무엇인지, 결핍을 느끼게 하는 것이 무엇인지 살펴보기 시작했다.

같은 질문을 던져도 대답은 날마다 달라진다. 스스로 질문하고 답을 찾다보면, 새로운 질문이 발아하기도 한다. 질문을 통해 나를 공부할수록 나 자신과 내 삶에 대한 통찰이 일상에 묻어난다. 질문을 통해 나를 배우고 성장한다. 나답게 행복해진다. 다른 사람들도 스스로에게 질문하고 답하면서 더 자기답게 성장하고 행복했으면 좋겠다.

"질문을 안고 평생을 살다보면 언젠가 그 질문의 답 속에 살고 있는 우리를 보게 될 것이다."

– 라이너 마리아 릴케 –

피하지 말고 달래 봐

날마다 긍정 확언과 명상을 하고 감사 일기를 써도 문득 우울하고 불안할 때가 있다. 가족과 친구들이 있어도 외롭다. 제대로 살고 있는 건지, 남들은 어떻게 사는지 궁금하다.

어릴 때는 부모님이 큰소리로 싸우거나 화를 내면 두려웠다. 친구들이 내 마음 같지 않아 혼자라는 생각이 들면 쓸쓸했고, 잘난 아이들과 비교되면 가슴이 좋아들었다. 다른 사람들의 기대만큼 잘해내지 못할 것 같으면 초조했다. 그럴 때마다 스스로에게 예민할 것 없다고 타이르며 잠을 자거나 소설과 만화를 읽었다. 잠을 자고 나면 기분이 나아졌고, 소설이나 만화 속에 빠져 있으면 현실의 힘든 감정이 사라졌다. 학력고사 이틀 전까지도 만화를 보면서 시름을 달랬다. 그 당시 휴대폰이 있었다면 게임에 빠졌을지도 모르겠다.

나만의 스트레스 해소법이라고 생각했던 방법이 사실은 회피였다는 걸 나중에야 알았다. 회피와 자신을 진정시키는 방법을 구분하지 못했던 거다. 심리학 연구 결과에 따르면 불안, 우울, 화, 외로움 등 괴롭고 불쾌한 경험이 일어날 때 적절하게 대처할 능력이 부족한 사람은 고통을 견디고 다루기 위해 노력하기 보다는 부정적 감정을 회피하거나 부적절한 방식으로 감정을 표출한다.

성인이 되어서도 때때로 불쾌하고 힘든 감정이 엄습할 때마다 회피하기 바빴다. 직장에서 상사가 부당하게 대우해도 꾹 참고 있다가 퇴근 후에 맥주 한 잔 하며 친구들과 수다 떠는 것으로 스트레스를 푼다고 생각했다. 대학원에 다닐 때는 논문을 잘 쓰지 못할까 봐 차일피일 미루면서 다른 일이 많아서 그렇다고 핑계 삼기도 했다. 퇴사 후에, 직장 생활 내내 힘껏 도왔던 동료가 자신의 실수를 내 탓으로 돌렸다는 말을 들었을 때도 어이없었지만 고개를 저으며 털어버리려 했다. 긍정적으로 열심히 사는 것 같아도 때때로 가슴 한구석이 막혀 있는 것 같았다. 그러면 또 잊기 위해 딴짓을 했다.

힘든 마음을 달래면서 그 고통을 일으키는 문제를 해결하기보다는 슬쩍 피하는 방법을 찾아낸 거였다. 쉽고 빠르게 잊을 수 있으니 좋은 방법인 줄 알았다. 방 안에 똥이 한 무더기 있는데 방문만 닫고는 '아무 문제없어'하며 정신승리하는 셈이었다. 아무리 밖에서 신나게 놀아도 결국엔 내 방으로 돌아가야 하듯이 회피로는 문제를 해결하지 못한다. 중요한 시험이나 발표를 앞두고 들이닥치는 불안을 잊기 위해 청소를 하거나 재미있는 동영상 속에 빠지면 잠시 기분이 좋아지는 것 같아도 시간이 지나면서 더 큰 불안과 자책이 밀려든다. 상대방과 관계가 멀어질까 봐 섭섭하고 화가 나도 입을 다물고, 실패하면 비난받을까 봐 어려운 과제에 도전하지 않으면 처음에는 안전하고 편안한 것 같다. 하지만 회피했던 고통은 언젠가는 다시 돌아온다. 같은 상황이 반복되면서 스트레스가 더 커지는 경우가 많다. 당장은 괴로움에서 벗어나는 것 같지만, 힘든 감정을 견디고 대처하는 방법을 배우지 못하기 때문이다. 잘 대처하지 못하고 같은 행동을 되풀이하는 자기 자신이 실망스럽다. 자신을 탓하고 낮추어 보게 된다. 오랫동안 그렇게 살았다.

방에 똥이 널려있어 괴로운데도 눈을 감고 괜찮다고 하는 것은 긍정적인 게 아니라 현실을 왜곡하고 회피하는 것이다. 똥을 치우든지 거름으로 만들어야 한다. 스트레스에 적절하게 대처하고 해결할 수 있는 힘을 기를 필요가 있다. 미국 심리학자 마샤 리네한 박사는 고통을 견디며 수용하는 능력이 정신건강의 핵심 목표라고 했다. 고통은 인생의 일부로 우리 삶에서 고통을 완전히 피하거나 제거할 수 없다는 것을 받아들이지 못하면 오히려 괴로움이 더 커질 수 있기 때문이다. 살면서 필연적으로 부딪치게 되는 고난과 아픔을 있는 그대로 직면하고 받아들이지 않으면 다음 단계로 넘어가지 못한다는 것을 머리로만 알았다. 실제로는 스트레스를 피하기만 해왔다. 고통을 회피하기 위한 행동들이 나를 달래는 자기 위로(self-soothing) 방법인 줄 착각했다.

어려움에 맞닥뜨렸을 때, 주위에 적극적으로 도움을 요청하는 것은 현명하게 자신을 돌보는 방법이다. 그럼에도 여러 가지 스트레스 상황에 처할 때마다 다른 사람들의 지지만 기다릴 수는 없다. 아무리 나를 사랑하는 사람도 내가 원하는 순간에 원하는 방식의 도움을 주기가 어려울 수 있다. 괴롭고 힘들 때 나에게 필요한 도움을 나 스스로 줄 수 있어야 한다. 다양한 스트레스 상황에서 우선 스스로 자기 마음을 진정시키고 달래면서 안정된 마음 상태로 회복하도록 하는 자기 위로 전략이 필요하다.

나를 돌보고 친절하게 대하는 방법을 배우면서 스트레스 받을 때마다 나를 달래고 챙겨줄 행동들을 하나씩 시도해 보았다. 향초를 켜고, 차분한 음악을 들었다. 손바닥을 비벼서 따뜻해진 손을 눈이나 뒷목에 대기도 하고, 따뜻한 차를 마셨다. 향을 피우거나 보드라운 쿠션도 안아보았다. 그 순간에는 좋았지만 번거롭게 느껴져 습관들이기 어려웠다. 심호흡과 마음챙김을 하고, 산책을 했다. 가장 빠르게 효과를 본 것은 심호흡이다. 심호흡은 언제 어디서든 하기 쉽고,

긴장을 이완시키면서 몸과 마음을 진정시켜주므로 자주 사용하는 방법이다. 다른 사람들에게도 적극 추천하고 있다.

최근에 나를 진정시키는 좋은 방법은 글쓰기다. 글쓰기라고 하기엔 논리정연하고 앞뒤 말이 맞게 쓰는 게 아니기 때문에 실은 아무 글 대잔치에 가깝다. 화가 나면 화난 감정을 있는 그대로 쏟아놓는다. 생각이 떠오르는 대로 정리하지 않은 채 일단 마구 적는다. 슬프면 슬픈 대로, 외로우면 외로운 대로, 무서우면 무서운 대로 쏟아놓고 바라본다. 머릿속에서 생각과 감정을 정리한 다음에 글로 쓰려고 하면 한 글자도 쓰기 버겁지만, 일단 떠오르는 대로 쓰기 시작하면 점차 정리가 된다. 서랍 정리를 할 때, 일단 서랍 속에 있는 물건을 몽땅 꺼낸 다음에 하나씩 살펴보면서 정리하면 더 쉬운 것과 마찬가지다. 스트레스 받았을 때, 떠오르는 생각과 감정을 모조리 꺼내어 노트에 써놓고 눈으로 직접 보면 내 마음을 그대로 마주 보기가 수월해진다.

처음에는 부정적인 마음을 쓰면 더 짜증나고 부끄러울 것 같아 쓰기를 주저했다. 어느 책에선가 부정적 감정을 글로 표현하면 부정적 감정이 감소된다는 연구결과를 보고 한 번 해 보기로 했다. 처음에는 스트레스가 해소되는 것 같지 않았다. '남들은 효과가 있다는데 나는 왜 효과가 없을까? 글쓰기는 나한테 맞지 않는 방법인가?' 생각하기도 했다. 그래도 조금 더 해보기로 했다. 아무도 보지 않는 노트에 글을 쓰면서도 자기 검열을 하고, 자기 비난을 하고 있다는 걸 알아차렸다. 자유롭지 못했던 거다.

고통을 경험할 때 나 자신을 달래고 내 마음을 있는 그대로 알아차리기 위해 글을 쓴다는 것을 수없이 되뇌었다. 지금 여기에서 일어나는 내 경험을 그대로 노트에 옮기려고 했다. 글을 쓴다기보다는 나 자신과 이야기하는 거였다. 했던 말을 하고 또 하거나 앞에 한 말과 상반된 말을 뒤에 쓰기도 했다. 온갖 사악한 생각과 부정적인 감정도 자유롭게 쏟아놓았다. 무슨 글을 쓰던 비판하지 않으려 했다. 자기 비난이 일어나면 비난의 말도 솔직히 적었다. 자기 비난의 이면에 숨겨진 마음이 무엇인지 스스로에게 묻고 대답했다. 무엇을 쓰든 영원히 아무도 보지 못할 글이므로 괜찮았다. 나 자신에게만 털어놓는 비밀 얘기였다.

그렇게 쓰고 나면 힘들었던 마음이 편안해진다. 확실히 진정시키는 효과가 있었다. 내 감정을 알아차리고 고통스러운 경험에 직면함으로써 새로운 관점과 통찰을 얻기도 한다. 문제를 회피하지 않고 새로운 대처방식을 시도하며 해결해 나가는 힘을 조금씩 길렀다. 무엇보다 나 자신에게 솔직해지면서 다른 사람들에게도 더 진솔하게 대하게 되었다.

나 자신을 돌보고 성장시키기 위해 날마다 좋은 습관을 실천한다. 그럼에도 열 받고 속상하고 위축되는 일들은 계속 일어난다. 그럴 때마다 이제는 노트를 펴고 나 자신과 대화하는 시간을 갖는다. 그렇게 글을 쓰면서 나 자신을 달랜다. 경험을 있는 그대로 알아차리면서 문제를 직면하고 해결하려고 노력한다. 한 걸음씩 나아간다.

'나'를 너무 믿지 마세요

상담 장면에서 자신이 부족하고 이기적이며 형편없는 사람이라고 생각하는 분들을 자주 만난다. 내가 본 그들은 이미 충분히 괜찮은 사람인데도 그렇지 않다고 철석같이 믿는다. 실수했거나 비난받았던 일은 오래된 일도 기억을 잘하는데, 잘했던 일이나 칭찬받았던 경험은 기억이 가물가물하거나 아예 기억을 못한다. 부족한 면은 아주 작은 것까지 발견하는 매의 눈을 가졌으나 강점이나 자원은 코끝에 들이댄 것처럼 보지 못한다. 자신의 생각과 감정과 행동에 확신이 없어 쉽게 흔들린다.

일상생활에서는 자신에 대한 확신이 넘치는 사람들을 많이 본다. 내가 분명히 보고 듣고 해 봤으니 확실하다고 주장하는 사람들이 넘친다. 내 눈으로 똑똑히 봤으니 이게 맞다 혹은 저건 아니라고 단정하듯 말한다. 내 귀로 분명히 들었는데 딴소리하지 말라고 목소리를 높인다. 내가 이러저러하게 해 봤더니 성공하더라, 혹은 실패하더라, 그러니까 이렇게 해야 한다고 강력하게 외친다. 굳은 믿음이 별로 없는 나로서는 확신에 찬 사람들에게 매력을 느끼기도 하지만, 그 확신이 혹시 인지편향은 아닐까 의문이 들 때도 있다.

　우리의 지각은 기대와 동기, 지식, 경험과 같은 여러 요인의 영향을 받기 때문에 같은 대상을 보고도 다르게 지각할 수 있다. 집단상담을 진행할 때 가끔 활용하는 프로그램 중에 '들은 대로 따라 하기'와 '본 대로 그리기'가 있다.

　'들은 대로 따라 하기'에서는 집단구성원들이 보거나 말할 수 없으며 듣기만 해야 한다. 집단원들에게 색종이를 한 장씩 나눠주고 눈을 감게 한 다음 돕는 이의 안내에 따르도록 요청한다. 돕는 이는 "종이를 반으로 접어주세요. 또 반으로 접습니다. 오른쪽 모서리를 찢어주세요. 다시 반으로 접어주세요. 아랫부분 왼쪽 모서리에서 반원으로 찢어냅니다. 윗부분 오른쪽 모서리를 삼각형으로 찢어 주세요."와 같이 안내한다. 들은 대로 따라 한 다음 눈을 뜨고 자기 색종이와 다른 구성원의 색종이를 살펴보게 한다. 똑같은 얘길 듣고 따라 했지만 다 다른 모양이 나온다. 다들 흥미로워하면서 같은 말을 다 다르게 이해하고 행동한다는 걸 직관적으로 알게 된다.

　'본 대로 그리기'에서는 보기만 한다. 그리 복잡하지 않고 재밌는 그림을 한 장 준비해서 20~30초 정도 보여준 다음, 그림을 치우고 본 대로 그리라고 한다. 각자 본 것을 떠올리며 그림을 그리고 나서 집단원들은 서로서로 그림을 살펴본다. 웃음이 터진다. 그림 솜씨와 무관하게 각자 본 것이 다르다는 걸 안다.

기억도 마찬가지다. 우리는 경험한 것을 있는 그대로 기억하는 것이 아니라 자신이 가지고 있는 기대나 이미지 등과 결합하여 재구성해서 기억한다. 흥미롭게 시청했던 〈EBS 다큐프라임 원더풀 사이언스〉 '기억의 재구성' 편에서 기억과 관련된 여러 가지 실험을 재연했다. 실험 참가자들에게 15초의 시간을 주고 한 대학 강의실의 사물들을 최대한 많이, 정확하게 기억하라는 지시를 한다. 참가자들이 강의실 관찰을 마치면 기억나는 것을 자유롭게 쓰게 한 다음 간단한 계산식을 풀게 했다. 그러고 나서 물건 목록을 나눠 주고는 강의실에서 본 물건에 체크하라고 하였다. 실험 참가자들이 관찰한 강의실은 평범한 강의실이었지만, 제작진은 실험 전에 보통 강의실에 있는 칠판지우개와 보드마카 대신 담뱃갑과 볼펜을 갖다 놓았다. 놀랍게도 많은 참가자들이 칠판지우개와 보드마카를 보았다고 응답했다. 강의실에 대해 이미 가지고 있던 이미지가 보지 않은 것을 보았다고 기억하게 만든 것이다.

무언가를 듣는 경우에도 마찬가지였다. 실험 참가자들에게 일련의 단어들을 읽어준 뒤 체크리스트에서 기억나는 단어와 기억 정도를 표시하게 했다. '전혀 기억하지 못한다'가 1점이고 '매우 확신한다'가 5점인 리커트 척도에 체크하는 것이다. 이 실험에서도 참가자들은 들은 적이 없는 단어를 들었다고 체크했으며, 심지어 매우 확신한다고 체크한 경우가 많았다. 제작진이 없는 단어라고 알려주면, "그런데 왜 기억나지?" 하거나 "그래요? 있었는데......." 하며 당황해하는 모습을 보였다.

　이렇게 쉽게 왜곡될 수 있는 기억은 우리의 생각이나 믿음과 관련이 깊다. 초등학교 시절에 나는, 내가 놀기 좋아하고 공부를 그다지 잘하는 아이가 아니라고 생각했다. 아버지 직장 동료분의 아이가 같은 반이었는데, 그 친구가 그렇게 열심히 공부를 한다며 가끔씩 비교당할 때마다 어쩔 줄 몰랐던 기억이 난다. 즐거운 추억이 많았지만, 그리 잘난 아이는 아니었다고 믿고 있었다. 몇 년 전에 친정식구들과 이야기하다가 내가 초등학교 졸업식에서 전교 2등으로 구청장상을 받았다는 걸 알게 되었다. 황당했다. 그런 일이 있었다는 걸 당사자인 내가 전혀 기억하지 못하고 있었다니! 괜히 억울했다. 이런 성취경험을 잊고 있었다니 손해 본 기분이었다. 재미있는 건 나에 대한 믿음이 달라졌다는 것이다. 내가 초등학교 때 공부를 제법 잘하는 아이였다고 인정하게 되었다.

　가족들이 해 준 얘기를 내 기억인 줄 착각하는 경우도 종종 있다. 아주 어릴 때 엄마를 따라 시장에 가면 보이는 것마다 사달라고 졸랐다. 어느 날 문득, 내가 뭘 사달라거나 부탁하는 말을 잘 못하는 편이었는데 어릴 때는 어떻게 그렇게 잘 사달라고 졸랐을까 하는 의문이 들었다. 더듬어 살펴보니 시장에 따라가서 자꾸 사달라고 졸랐던 일은 내 기억이 아니었다. 어머니가 해 주신 말씀을 내 기억인 것처럼 생각했다는 것을 알고 놀랐다.

내담자들을 만날 때도 사실과는 다른 기억과 생각을 갖고 있는 경우를 흔히 보고 듣는다. 자신을 이해하고 사랑해준 사람이 아무도 없다고 믿고 있었지만, 상담을 하다 보면 자신을 위해 주었던 누군가를 기억해 낸다. 때로는 자신을 사랑한다고 믿었던 사람이 자기를 존중하지 않는 행동을 반복했던 걸 깨닫고는 눈물짓기도 한다. 실제 일어나지 않은 사건을 진실이라고 믿거나 사실과는 다른 기억을 갖는 경우도 있다.

학생이나 수련생들에게 가끔 농담 반 진담 반으로 자기 자신을 너무 믿지 말라고 말한다. 자신에 대한 신뢰는 당연히 중요하다. 여기에서 자기 자신을 믿지 말라는 건 내가 아는 내가 전부가 아니라는 뜻이다. 성장하는 삶을 살기 위해서는 나와 세상에 대한 지식이 필요하다. 그런데 나 자신과 세상에 대해 이미 잘 알고 있고, 내가 알고 있는 것이 확실하다고 믿으면 그것과 다른 이야기나 정보, 새로운 지식을 받아들이기 어려울 수 있다. 확신이 한계가 되어 버리지 않도록 경계할 필요가 있다.

의외로 사람들은 자신과 세상에 대해 잘못된 믿음을 갖는 경우가 있다. 자신의 생각이 옳다고, 내가 보고 듣고 경험한 것이니 무조건 맞다고 생각하지만, 실은 그렇지 않은 경우도 있다. 자신이 알고 있는 것과는 다른 진실이 있을 수 있다. 상담현장에서 자기 자신을 믿지 못하는 분들을 자주 만난다고 했는데, 어찌 보면 그분들도 자신에 대해 잘못된 믿음을 가진 분들이다. 나도 그랬다. 유혹에 기꺼이 빠지고 꾸준함이라고는 전혀 없는, 의지가 약한 사람이라고 믿었다. 그랬는데 지금은 겨자씨 습관을 4년째 꾸준히 실천하고 있다. 나는 이끄는 사람이기보다는 묻어가는 사람이라고 믿었다. 그게 좋았고, 평생 그렇게 살았다. 그러던 내가 질색하던 SNS를 통해 사람을 모으고 나행성 마음글쓰기 모임을 이끌고 있다. 최근에는 비상근 기관장 모집 공고를 보고 도전해 센터장직을 맡아 근무하고 있다. 내가 달라진 것일까? 그렇기도 하고 그렇지 않기도 하다. 사람은 변하지 않는 부분도 있고 변화하는 부분도 있다. 나는 이렇다, 저렇다 규정짓지 말고 이런 면도 있구나, 저런 면도 있구나 하고 받아들일 수 있으면 좋겠다.

글을 쓰기 싫을 때 내가 글 쓰는 방법

글쓰기는 언젠가 꼭 하고 싶은 일이자 가능하면 멀리하고 싶은 일
이었다. 이야기를 좋아하다 보니 만화책과 소설책 읽기를 좋아했다.
읽다 보면 이렇게 재밌고 신기하고 슬프고 무서운 이야기를 어떻게
만들어냈을까 싶고, 언젠가 나도 이런 이야기를 쓰고 싶다는 소망이
움텄다. 그런데 학교에서 독후감을 쓰거나 글짓기를 하라고 하면 도
무지 어떻게 글을 써야 할지 몰라 멘붕에 빠질 지경이었다. 희망과는
달리 글을 잘 쓰지 못했던 것이다. 청소년기에 잠깐 일기 쓴 것을 제
외하고 써 본 글이라고는 학교와 직장에 제출한 보고서뿐이다. 보고
서도 몇 날 며칠을 고민하다가 마감시간에 맞춰 겨우 제출했다. 언젠
가 글을 쓰고 싶다는 바램은 깊이 묻어둔 채 어느새 글쓰기를 싫어
하는 사람이 되어 있었다. 내담자들에게는 자신의 생각과 감정을 정
리하는 데 도움이 되도록 글쓰기를 권할 때가 있었지만, 나는 말로
정리하는 걸 더 선호했다.

2016년 늦가을, 인생에서 중요한 선택들을 앞두고 결정을 내리기 어려워 오랜만에 다시 교육 분석을 받았다. 어느 날 분석 선생님이 하고 싶었던 일이 뭐냐고 물으셨다. 어릴 때는 글 쓰는 일과 가르치는 일을 하고 싶었다고 대답했다. 오랫동안 잊어버리고 있었던 꿈이었다. 가르치는 일은 하고 있지만, 글은 잘 쓰지 못해서 나중에 하려고 미루다가 살기 바빠서 깜박 잊었다고 말했다.

"여태 시작도 안 한 걸 보니, 그럼 그 일은 아닌가 보네."

속에서 미약한 반발심이 올라왔다. 그렇지는 않다고 대답했다. 자신은 없었지만, 언젠가 꼭 글쓰기를 하리라 마음먹었다. 2017년 여름, 퇴사를 앞두고 3회로 이루어진 글쓰기 강좌에 등록했다. 전문 작가가 될 것도 아닌데 글쓰기 수업까지 들어야 하나 싶기도 했지만, 교육 분석 받았을 때의 기억을 떠올리며 일단 신청부터 해놓았다. 당장 급하고 필요한 일도 아닌데 스스로 글 쓰는 연습을 하기는 어려울 것 같아서 글쓰기와 친숙해질 수 있는 환경을 만들기로 한 거다. 나를 잘 알았기 때문에 혼자 알아서 할 수 있다고 믿지 않고 꽤 큰 비용을 치르면서 내가 움직일 수밖에 없게 만들었다.

강좌가 열리는 첫날, 일산에서 버스와 지하철을 갈아타고 강남까지 가면서 '이렇게 멀리까지 힘들게 가서 글쓰기를 배워야 하나?' 하고 속으로 툴툴거렸다. 수업 장소에 도착하니 부산과 제주도에서도 글쓰기를 배우러 오신 분들이 있어 깜짝 놀랐다. 막연히 글을 좀 잘 쓰면 좋겠다는 마음으로 갔던 나와는 다르게 열정이 넘치는 분들을 보면서 이래서 함께 해야 되는구나 싶었다. 목표를 가지고 열심히 하는 사람들을 보면서 에너지를 얻고 좋은 영향을 받았다. 글쓰기 선생님은, 글쓰기는 무조건 글을 써야 배울 수 있다면서 일단 자기 이야기를 쓰라고 하셨다. '내 이야기를 쓰라니? 무슨 얘기를 쓰지?' 막막했다. 쓸 게 없었다. 아무 생각도 나지 않는다고 말했다.

"글은 머리로 쓰는 게 아니라 손으로 쓰는 겁니다. 생각이 날 때까지 기다리다가는 영원히 못 써요."

선생님은 쓸 게 없으면 아침에 일어나서 글쓰기 수업에 오기 전까지를 상세히 써보라고 하셨다. 일상생활과 떠오르는 마음을 쓰다 보니 나를 새롭게 보게 되었다. 9시간의 짧은 글쓰기 수업을 통해 글쓰기보다는 나 자신에 대해 더 많이 배웠다. 글솜씨가 없고 소재도 마땅치 않아 글을 못 쓴다고 생각했지만, 실은 완벽주의 성향과 연관이 있었다. 완벽주의 성향은 완벽하게 준비하여 성취하는 것이 아니다. 완벽주의의 본질적인 특징은 타인의 인정을 받으려고 하는 것이다. 20대까지는 다른 사람의 평가에 예민하고 자주 휘둘렸다. 남들이 나를 안 좋게 평가할 거라고 생각하면 가슴이 묵직하게 눌리는 것 같앉다. 상담수련을 통해 다른 사람의 평가에 크게 마음 쓰지 않게 되었는데, 40대 중반에 여러 가지 상황이 나빠지니 다시 타인의 시선이 신경 쓰였다. 변화되었다고 생각했는데 퇴행한 것 같아 기분이 가라앉았다. 글쓰기를 비롯해 잘하지 못하는 건 하고 싶지 않았고, 부정적 평가를 받을까 봐 두려웠던 거다.

글쓰기를 다른 사람들에게 인정받기 위한 도구로 생각했던 걸까? 그런 생각을 한 적은 없었는데, 나도 모르게 쓰지도 않으면서 남의 눈만 의식했나 보다. 우선은 글쓰기랑 친해져야겠다고 마음먹었다. 나에게 글쓰기란 남몰래 동경하지만 가까이 다가가기는 어려운 유명 인사 같은 존재였다. 새로운 사람을 만나 쉽게 이야기 나눌 수 있지만 낯을 많이 가린다. 마음을 터놓을 정도로 친밀한 관계가 되는 데까지는 시간이 많이 필요한 성향이다. 그런 내게 고고하게 느껴지는 글쓰기가 친한 친구같이 흉허물을 털어놓고 오래 사귈 수 있는 존재가 되려면 시간이 걸린다는 사실을 인정하기로 했다.

매일 두 줄 이상 글을 쓰기로 했다. 한 장은 엄두가 나지 않았고, 한 줄은 오히려 핵심만 써야 한다는 부담이 느껴질 것 같았다. 두 줄 정도면 큰 부담 없으면서도 더 길게 쓸 수 있도록 하는 마중물 역할을 하겠지 싶었다. 일기처럼 아무 말이나 떠오르는 대로 끼적였다. 감사일기도 꾸준히 썼다. 글쓰기 치료도 조금씩 공부했다. 글쓰기를 통해 다른 사람과 소통하기 전에 먼저 나 자신과 깊이 소통하고 싶었다. 글을 통해 내 생각과 감정을 정리하고 확장시키고 싶었다. 글쓰는 삶을 살게 되면 타인의 시선에 휘둘리기보다는 나 자신의 본질에 집중하게 될 것 같았다. 글을 쓴다는 것은 결국 자신의 내면을 들여다보는 것이며, 있는 그대로의 나를 수용하고 표현하는 것이 아닐까? 나 자신을 수용한다면 다른 사람과 소통하는 글쓰기도 가능해질 거라고 생각했다.

조금씩이지만 글을 쓸수록 내 마음을 들여다보게 되었다. 분명 내 마음인데 나도 모를 때가 많았다. 내 마음이 마음대로 되지 않았고, 심지어 나를 속이기도 했다. 나를 돌보고 보호하기 위해 참지 말아야 할 때, 너그럽게 이해하라고, 괜히 분란 만들지 말고 좋게 넘어가라고 속삭였다. 힘들어도 참고 견뎌야 할 때는 왜 참냐고, 한 번 사는 인생인데 힘들게 살지 말고 때려치우라고, 스트레스 받지 말라고 속살댔다. 우리 마음은 한 번에 처리할 수 있는 용량이 제한되어 있어 쉽게 휘둘린다는 걸 알면서도 툭하면 속아 넘어갔다. 어떤 때 가장 편안하고 행복한지, 무엇이 충족되지 않았을 때 가장 힘들고 스트레스 받는지를 살펴보고 내 마음을 마음대로 잘 사용하고 싶었다. 글쓰기 실력을 향상하기 위해서가 아니라 내면을 글로 씀으로써 내 마음을 잘 쓰기 위해 연습하기로 했다. 나 자신에게 질문을 던지고 답하는 마음글쓰기를 시작했다.

혼자서 마음글쓰기를 하다 보니 귀찮을 때도 있고 생각이 나지 않을 때도 있었다. 때려치울까 하다가도 날마다 두 줄 이상 글쓰기를 했던 '겨자씨 습관'이 마음글쓰기를 꾸준히 하는 데 도움이 되었다. 그럼에도 마음글쓰기가 하기 싫을 때는 이렇게 했다. 일단 한 줄만 휘리릭 쓴다. 쓸 말이 없으면 쓸 말이 없다고 썼다. '쓸 게 없다.', '아무 생각이 나지 않는다.', '오늘은 진짜 뭐라고 써야 할지 모르겠다.', '나는 지금 왜 이러고 있는 걸까?', '꼭 써야 해?'처럼 그 순간의 심정을 그대로 한 줄만 쓴다. 그러면 그 한 줄이 마중물이 되어 어찌어찌 그다음 문장을 쓸 수 있게 된다.

둘째, 말로 했다. 다른 사람이 나에게 질문했다고 생각하고 말로 대답한다. 노트에 쓰기가 어려우면 녹음을 해도 된다. 요즘은 휴대폰에 음성을 문자로 변환해 주는 기능이 있다. 휴대폰 메모장을 열고 키보드에서 마이크 아이콘이나 버튼을 누른 다음 말하면 화면에 문자가 입력된다. 네이버 블로그에도 말을 하면 저절로 글이 써지는 기능이 있다. 구글 문서에서도 '도구'에서 '음성 입력'을 선택하고 마이크 아이콘을 클릭한 다음에 말하면 문자로 표시된다. 음성을 텍스트로 변환해 주는 애플리케이션도 있다. 이동하면서 이런 앱을 실행하여 말하는 방식으로 글을 쓸 수 있다.

셋째, 가장 만만한 질문으로 바꿔서 글을 썼다. 나행성 마음글쓰기는 매주 정한 질문에 답을 하는 방식의 글쓰기다. 쓰기 싫거나 어려울 때는 제일 쉽고 마음에 드는 질문으로 바꿔서 답한다. 모든 질문이 내 마음을 살펴보기 위한 거니 얼마든지 다른 질문으로 바꾸어도 상관없다.(2장에서 나행성 하다 p77~82, 부록 1 나행성 베스트 질문 목록 p238~240 참고) 이렇게 하다 보니 어느새 1년 이상 꾸준히 마음글쓰기를 하게 되었다.

날마다 마음글쓰기를 했다고 글쓰기 실력이 눈에 띄게 늘지는 않았다. 마음글쓰기는 글쓰기보다는 마음에 초점을 두기 때문이다. 하지만 더 이상 글 쓰는 게 크게 부담스럽지는 않다. 그러니 이렇게 책도 쓰고 있겠지. 이전 같으면 내가 뭐라고 책을 쓰나 했을 것이다. 지금은 마음글쓰기를 통해 경험한 것들을 정리하여 나행성 마음글쓰기 모임을 의미 있게 마무리하고, 다른 사람들에게도 나답게 성장하고 행복해지는 방법을 나누고 싶다는 소망으로 이렇게 글을 쓴다. 글쓰기가 싫을 때, 내가 중요하게 여기는 가치를 실현하고 있다고 생각하는 것도 계속 글을 쓰게 하는 힘이 된다.

뫼비우스의 띠 같은 인생살이

삶이 뫼비우스의 띠 같다는 생각을 종종 한다. 긴 직사각형 종이를 한번 꼬아서 양끝을 붙인 뫼비우스의 띠는 안팎이 구별되지 않는다. 띠의 중앙선을 따라 잘라내도 나뉘지 않고 계속 하나로 이어진다. 한 번 엇갈리게 꼬는 것으로 양극이 맞물려 통합되니 신기하다. 우리네 인생살이도 그렇다. 〈도덕경〉에 화혜복지소의(禍兮福之所倚) 복혜화지소복(福兮禍之所伏)이란 말이 있다. 줄여서 화복의복(禍福倚伏)이라고 하는데, 화는 복의 옆에 기대 있고 복은 화 속에 엎드려 있다는 뜻이다. 화와 복이 맞물려 있는 것처럼 상반되어 보이는 일들이 늘 맞물려 일어난다.

한동네에 사는 친한 언니가 같이 재테크 강좌를 듣자고 했다. 추운 날씨에 집에서 먼 강남까지 4주 동안 다녀야 하는 교육 과정이라 조금 부담스러웠다. 그래도 뒤늦게 재테크에 관심이 생긴 터라 비싼 수강료를 내고 신청했다. 강의 첫날, 토요일 아침 일찍부터 나갈 준비를 서둘렀다. 전화가 울려 받아보니 함께 가기로 한 언니가 우리 집 앞으로 데리러 오겠다고 했다. 언니 남편이 운전해서 강의장까지 데려다주겠단다. 덕분에 서로 이야기 나누며 따뜻하고 편하게 강의장에 도착할 수 있었다. 강의가 끝난 다음에는 둘이 지하철을 탔다. 강의 내용에 관해 소곤거리며 가다가 우리가 내릴 역의 몇 정거장 전에 갑자기 언니가 남편에게 전화를 했다. 지하철역으로 데리러 오라는 거였다. 아침에 데려다준 것도 고마운데, 뭐하러 또 나오시게 하냐고 하자 집이랑 가까워서 괜찮단다. 하차하여 지하철역 밖으로 나가자 언니 남편 차가 보였다. 우리 집 앞에서 내려 주어 고마웠다. 감사일기장에도 적었다.

그날 밤, 마음글쓰기를 하기 전에 가장 감사한 일과 가장 감사하지 않은 일을 떠올려보았다. 가장 덜 감사한 일로 친한 언니 남편이 차를 태워준 일이 스쳐 지나갔다. 깜짝 놀랐다. 아침 일찍 강의 들으러 갈 때와 집에 올 때 모두 춥지 않고 편안하게 이동해서 고마웠던 일이 어째서 가장 덜 감사한 일로 떠올랐을까.

가만히 살펴보니 감사하면서도 마음 한구석에 비교하는 마음이 있었다. 남편이 알아서 '날도 추운데 내가 데려다줄게'라고 말하는 것까지는 바라지 않아도, 그 언니처럼 남편한테 토요일 아침에 외출해야 하니 운전해서 데려다 달라고 말하고 싶었던 거다. 그렇지 못한 내 처지에 한숨이 났다. 내가 부러웠구나.

이런 마음을 노트에 휘갈겨 쓰면서 한편으로는 쓸쓸했지만 다른 한편으로는 미처 몰랐던 마음을 알아차려서 감사했다. 인정하고 싶지 않았던, 있는 줄도 몰랐던 마음을 알게 된 것이 예전과 달리 싫지 않았다. 오히려 살짝 반갑기도 했다. 내 감정을 온전히 받아들이기로 했다. 마음글쓰기를 하기 전에는 감사하기만 했던 일이 실은 내 열등감을 자극했다는 걸 전혀 몰랐다. 가까운 사람과 견주거나 부러워한다고 생각하지 않았는데, 나도 모르게 비교하고 움츠러드는 마음이 있었다.

그 다음 해 여름이 끝나갈 무렵, 우연히 공공 상담기관 센터장 모집공고를 보고 수십 년 만에 자기소개서를 쓰고 지원했다. 보수는 많지 않았지만, 전문 기관의 책임 있는 자리이고 비상근직인 점이 매력적이었다. 다른 일을 동시에 준비하고 싶었기 때문에 비상근직이 딱 좋다고 생각했다. 절실하지 않았던 탓인지 아무 준비 없이 면접을 보러 갔다. 두세 명의 면접관과 마주 앉아 내 경력과 사업 계획 등에 대해 질의응답 식으로 면접을 볼 거라고 멋대로 상상했다.

대기 장소에서 편안하게 기다리다가 순서가 되어 면접 장소에 들어간 순간 당황했다. 긴 탁자가 놓여 있고 7명의 면접관이 길게 앉아 있었다. 그 앞에 작아 보이는 의자가 하나 있었다. 한 번도 상상해 본 적 없는 장면이었다. 면접관 중 한 명이 "자기소개해 보세요." 하는 순간, 어깨가 굳어졌다.

'이런, 자기소개라니……'

머릿속이 백지가 된 것 같았다. 자기소개를 준비해 가지 못했다. 면접을 보러 가면서 자기소개를 하라고 할 줄 몰랐다는 게 말이 되지 않는데도 그랬다. 다시 생각해도 나 자신이 어이가 없다. 매끄럽지는 않았지만 자기소개서에 썼던 내용을 떠올리며 어찌어찌 이야기했다. 자기소개를 잘 못해서 어차피 안 되겠다는 생각이 들었다. 합격은 물 건너갔다고 생각하니 잘 보이고 싶은 욕심도 사라졌다. 묻는 말에 생각나는 대로 솔직하게 대답했다.

면접을 보기 얼마 전에 진행했던 청년 진로탐색 프로그램에서 집단원들에게는 자기소개의 중요성을 강조했으면서 정작 나 자신은 자기소개를 제대로 준비하지 않았다. 집에 와서 면접 본 일을 떠올리니 얼굴이 화끈거렸다. 겸손하지 못하고 나태했다는 반성을 했다. 당황스럽고 부끄러웠던 이 경험을 마음글쓰기 노트에 생각나는 대로 썼다. 민망하고 자책했던 마음을 갈무리했다.

며칠 후 예상했던 대로 안 되었다는 문자 통보를 받았다. 불합격 통지받은 경험을 그날의 가장 감사했던 일로 적었다. 작은 일에도 준비를 철저히 해야 하고 겸손해야 함을 배우게 된 좋은 경험으로 받아들일 수 있었기 때문이다.

　뜻밖에도 열흘 후쯤에 근무할 수 있겠냐는 연락이 왔다. 처음에 합격한 분이 개인 사정상 일을 할 수 없게 되어서 차점자인 나에게 전화했다고 했다. 이미 지나간 일이라고 생각했기에 어떻게 해야 할지 망설였다. 잠시 생각한 후에 일단 하겠다고 대답했다. 세상일은 참 알 수가 없다. 끝난 줄 알았던 일이 완전히 끝난 게 아니라 새롭게 시작하는 일이 되었다. 성찰을 통해 실수했던 일에서 성장의 씨앗을 찾고 감사했더니 다시 기회가 주어졌다. 처음에 바로 붙은 것보다 나중에 되어 감사했다. 낮은 마음으로 일을 시작하게 되었다.

　이렇게 겸손한 마음으로 감사하며 시작한 일이 또 여러 가지 시련을 가져다주기도 한다. 감사한 일과 감사하지 않은 일이 맞물려 있는 경우가 많다. 좋은 일인 줄 알았던 일이 나중에 그렇지 않은 일이 되기도 하고, 안 좋은 일을 겪으면서 오히려 성장하게 되기도 한다. 〈열반경〉에 나오는 공덕천(功德天)과 흑암천(黑暗天) 이야기가 떠오른다. 아름답고 빛이 나는 여인이 어느 집을 찾아갔다. 주인이 "누구신지요?"하고 묻자 그 여인은 "나는 공덕천이오. 가는 곳마다 온갖 복을 주지요."라고 대답했다. 주인은 기뻐하며 그 여인을 극진히 집으로 모셨다. 잠시 후 시커멓고 누더기를 걸친 추한 여인이 찾아왔다. 주인이 퉁명스럽게 누구냐고 묻자 그 여인은 대답했다. "나는 흑암천이오. 가는 곳마다 재앙을 불러오고 재물이 줄어들게 한다오." 주인은 기겁하며 그를 내쫓았다. 그러자 그 여인은 "조금 전에 들어간 여인이 내 언니요, 우리는 쌍둥이로 항상 붙어 다닌다오. 나를 쫓아내려면 언니도 내쫓아야 하오."라고 했다. 공덕천도 말했다. "그렇습니다. 내가 여기 있으려면 동생도 여기 있어야 하고, 동생이 떠나면 나도 떠나야 합니다."

마음글쓰기를 하면서 기쁘고 고마운 일이 결핍을 불러오는 일이 되기도 하고, 불쾌하거나 힘들었던 일이 성장의 기회가 되어 감사한 일로 바뀌기도 한다는 것을 자주 경험하게 된다. 뫼비우스의 띠같이 우리 삶도 명암, 성패, 진퇴, 우열 같은 양극이 맞물려 있다. 긍정적으로 보이는 것만 받아들이고 부정적으로 보이는 것은 외면하고 싶지만, 한 쪽만 받아들일 수 없는 것이 우리네 삶이다.

마음글쓰기를 하기 전에도 종종 경험했지만 기록하지 않으니 자꾸 잊어버렸다. '아, 그렇구나.' 해놓고 조금만 시간이 지나면 기억하지 못하고 금세 좋다고 해이하거나 괴로움 속에서 허우적거렸다. 지금은 어떤 경험을 하든 마음글쓰기 노트를 뒤적거린다. 기록하지 않으면 기억되지 않는다는 말처럼 내가 썼던 글을 보면서 전에 생각하고 느끼고 행동했던 바를 떠올리게 된다. 지나온 길을 되짚어보며 나아갈 길을 헤아린다. 오르막이 있으면 내리막이 있고, 내려가면 다시 올라오는 것이 삶이라는 것을 배운다. 나행성 마음글쓰기의 효용 중 하나다.

내 속엔 내가 너무도 많지만, 어떤 나도 괜찮아

내 속엔 내가 너무도 많아
당신이 쉴 곳 없네.
내 속엔 헛된 바램들로
당신이 편할 곳 없네.

- 시인과 촌장 〈가시나무 새〉 가사 일부 -

20대 초반, 〈가시나무 새〉라는 노래를 듣고 가슴이 먹먹했다. 내 마음을 노래한 것 같았다. 한 편의 시이자 내면을 고백하는 기도라는 생각이 들었다. 그때는 '내 속에 내가 너무도 많아 당신이 쉴 곳'은 고사하고 나조차 쉴 곳이 없었다. 정확히 뭔지도 모르는 헛된 바램들로 쉴 새가 없었다. 가만히 있으면 마음 한 귀퉁이가 껄끄러웠다. 무엇이든 해야 할 것 같고, 잘해야 할 것 같았다. 노는 게 제일 좋다고,

맨날 놀고 싶다고 노래 불렀지만 막상 신나게 놀면서도 마음 한구석이 늘 켕겼다. 뭔가 생산적인 일, 바람직한 일을 하지 않는 나를 비난했다. 비난이라도 해야 죄책감을 덜 수 있을 테니까. '이렇게 놀기만 해도 되나? 공부를 하거나 돈을 벌거나 하여간 열심히 노력해야 하는 게 아닐까?' 이런 막연한 생각이 편하게 쉬는 꼴을 두고 보지 못하게 했다.

다른 사람들이 보기에 대체로 착하고 성실하면서 때로는 엉뚱한 구석이 있는 아이였지만, 내 속에는 '이기적인 나, 게으른 나, 어리석은 나, 잘난 체하는 나, 비겁한 나, 못돼 처먹은 나'들이 있었다. 그런 내 모습을 사람들이 알까 봐 두려웠다. 그런 모습은 내가 아니어야 했다. 어린 시절, 부모님은 착하게 살아야 한다고 타이르셨다. 때로는 이기적이거나 게으른 나를 야단치셨다.

"너는 언니가 돼서 동생을 잘 돌봐야지, 너 혼자만 친구들하고 놀러 가면 되니?"
"공부는 안 하고 잠만 자고 소설책만 읽다니 그렇게 게을러서 어떻게 하니."

이런 말을 들으면 반발심이 올라와 불평하기도 했지만, 한편으로는 정말 내가 나쁜 아이인 것 같아 죄책감에 시달리기도 했다. 엄마가 내뱉는 한숨, 높아지는 음성, 미간에 잡힌 주름, 혼잣말처럼 중얼거리는 한탄이 나를 옭매는 것 같았다. 죄송스러운지, 화가 나는 건지, 슬픈 건지 헷갈렸다. 내 마음도 상했지만 엄마 감정이 상한 게 더 크게 느껴졌다. 엄마는 왜 나한테 바라는 게 많을까. 나는 왜 엄마 기대를 충족시켜주지 못할까. 분명 내가 괜찮은 사람인 것 같을 때도 있는데, 그렇지 않을 때도 많다는 게 혼란스러웠다. 어떻게 사람이 착하면서 못되고, 성실하면서 게으르고, 겸손하면서도 교만할 수 있는지 이해하기 어려웠다. 그렇게 일관성 없다는 것 자체가 이상하고 문제가 있는 것처럼 여겨졌다. '좋은 나'만 보여주고 '나쁜 나'는 억누르기 위해 애썼다. 무엇을 억누르든 억압하는 건 에너지가 많이 든다. 원래도 에너지가 많은 편이 아닌데, 마음에 들지 않는 '나'를 억압하느라 에너지가 더 달렸다. 에너지가 부족하니 주어진 일을 하고 나면 금세 지쳤다.

심리학을 공부하면서 내가 그렇게 문제 있는 사람이 아니라는 걸 알았다. 사람은 동시에 여러 측면을 가지고 있다는 것을 배웠다. 컬럼비아 대학교 심리학 교수인 에드워드 토리 히긴스의 자기불일치 이론에 따르면 자기(self)는 실제 자기와 이상적 자기, 의무적 자기의 세 가지 영역으로 이루어져 있다. 실제 자기는 자신이 생각하는 현재 내 모습을 뜻한다. 예를 들면 '나는 영화를 좋아한다, 나는 부지런하다.'처럼 말하는 내 모습이다. 이상적 자기는 말 그대로 이상적으로 되기를 바라는 내 모습을 나타낸다. '나는 사람들의 마음을 치유하고 기쁨을 주는 예술가가 되고 싶다, 나는 부자가 되면 좋겠다.'고 바라는 모습이다. 의무적 자기는 어떤 속성을 갖거나 어떤 모습이 되어야 한다고 믿는 자신에 대한 표상이다. '나는 세상 사람들이 인정하는 직업을 가져야 해, 우는 건 나약한 거니까 절대 울어선 안 돼.'와 같은 당위적 사고를 가진 모습이다. 우리는 다른 사람들과 비교하며 자기 자신을 평가하기도 하지만, 자기의 여러 측면들을 서로 비교함으로써 스스로를 평가한다. 실제 자기와 이상적 자기의 괴리가 크니 스스로가 불만족스러웠다. 의무적 자기에 비해 실제 자기가 부족하다고 생각하니 부담스럽고 자책하게 되었다. 자기 평가가 야박하니 스스로를 이만하면 충분히 괜찮은 사람으로 받아들이기 어려웠다. 스스로를 인정해 주겠다고 마음먹었지만, 세상에서 가장 먼 길이 머리에서 가슴으로 가는 길이라는 걸 깨달았다. 머리로는 알았지만, 여전히 나의 모든 면을 인정하고 받아들이기는 어려웠다. 내가 잘 모르는 '진짜 나'가 있을 것 같았다.

더 공부해서 나처럼 자기 안에 있는 모순된 여러 '나'를 이해하기 어려워 혼란스러운 사람들에게 귀 기울이고 손 내밀어 주는 사람이 되고 싶었다. 더 좋은 상담자, 유능한 상담자가 되기 위해 시간과 비용을 아끼지 않고 공부했으나 여전히 내 속엔 내가 너무도 많았다. '불안한 나, 무능한 나, 인정받고 싶은 나'를 수용하지 못하고 억누르는 내가 있었다. 내담자가 나아지는 것 같지 않으면 상담자로서 무능하기 때문인 것 같아 미안했다. 다른 상담자들이 자신 있게 사례발표를 하거나 집단상담을 매끄럽게 진행하는 걸 보면 그들보다 부족한 것 같아 안달이 났다. 상담자로서 자질이 부족한 게 아닐까 회의감이 들었다. 빨리 상담심리전문가가 되어 인정받고 싶었다. 내 안에 있는 많은 '나'들 중에 '진짜 나'를 찾아 스스로를 인정하며 충만한 삶을 살고 싶었다. 그래야만 비로소 편히 쉴 수 있을 것 같았다.

계속 공부하면서 내 안에 내가 많은 게 당연하다는 걸 서서히 인정하게 되었다. 나는 원래 여러 '나'로 이루어져 있는 거였다. 부지런한 나도 있고 게으른 나도 있다. 너그러운 나도 있고 쪼잔한 나도 있다. 적극적인 나도 있고 소심한 나도 있다. 디즈니 픽사 애니메이션 〈인사이드 아웃〉을 보면 사람들 마음에는 기쁨, 슬픔, 버럭, 까칠, 소심이가 산다. 우리를 둘러싼 상황이 달라질 때마다 앞에 나서서 주된 역할을 하는 감정 캐릭터들이 달라진다. 기쁨이가 앞에 나설 때도 있고, 슬픔이가 나설 때도 있다. 까칠이가 나설 때도 있고, 버럭이나 소심이가 나설 때도 있다. 때로는 감정 캐릭터들이 서로 싸우기도 한다. 사람에 따라서 주된 역할을 하는 감정 캐릭터가 다르기도 하다. 주로 기쁨이가 나서는 사람도 있고, 버럭이가 주로 나서는 사람도 있다. 하지만 이 모두가 다 '나'를 이룬다. 나를 나답게 만들기 위해서는 기쁨, 슬픔, 버럭, 까칠, 소심이가 다 필요한 것처럼 내 안에 여러

'나'들은 나의 다양한 욕구를 반영한다. 내 안에 내가 많은 걸 받아들이지 못해서 쉴 곳이 없는 것처럼 느껴졌다. 내 바람이 뭔지 잘 몰라 여러 '나'들의 동거가 늘 불편했던 거다.

내 안에는 좋은 나도 있고 나쁜 나도 있다. 이런 나도 있고 저런 나도 있다고 통합적으로 받아들이면 편안하다. 착하고 너그러운 내가 진짜 나인지, 이기적이고 쪼잔한 내가 진짜 나인지 고민하지 않아도 된다. 전부 나다. 이기적이고 교만하며 게으른 내 모습이 나의 전부가 아니니 감사하다. 일부에 불과한 부정적인 모습을 억누르기 위해 에너지를 많이 쓸 필요가 없다. 받아들이기 힘든 나를 억압하는 데 사용하던 에너지를 더 생산적인 곳에 쓸 수 있게 된다. 자기 가치감이 높아졌다. 다른 사람들에 대해서도 이해의 폭이 넓어진다. 내 속에 내가 많은 것처럼 다른 사람들 속에도 '나'가 다양한 것이다. 그들에게도 나처럼 많은 '나'가 존재한다는 것을 알게 되니 이해되지 않던 타인의 모습을 좀 더 헤아릴 수 있게 되었다.

이렇게 알게 되었다고 늘 편안하고 스트레스에 잘 대처하는 건 아니다. 매번 비슷한 상황에서 욱하기도 하고, 평소에는 잘 대처하고 넘어가던 일도 그날 컨디션에 따라 부정적인 감정에 휩싸이기도 한다. 다른 사람을 원망하거나 나를 탓하면서 괴로워할 때도 있다. 그럴 때 믿을만한 가족이나 친구, 지인들과 이야기를 나누거나 상담을 받으면 도움이 되지만 여의치 않을 때도 많다. 가족, 친지들이 마음과 시간의 여유가 있어야 내 이야기를 잘 들어줄 수 있는데, 타이밍을 맞추는 게 쉽지 않다. 혹은 나에 대한 이해가 부족하거나 경청과 공감 기술이 부족할 수도 있다. 상담을 받자니 비용과 접근성의 문제가 걸린다. 그럴 때 마음글쓰기가 도움이 된다. 마음글쓰기를 통해 내가 바라는 것이 무엇인지 보게 된다. 나의 긍정적인 모습과 부정적인 모습을 모두 인정하도록 돕는다. 나를 더 친절하게 대하게 된다.

제2장

나답게 성장하고
행복해지는 방구석 마음 여행

좋은 건 함께 하고 싶어

구입하거나 선물로 받았을 때 바로 읽지 않고 책장에 꽂아 두는 책들이 좀 있다. 〈성찰〉도 그랬다. 저자들이 사제와 영적 지도자다 보니 종교적인 책일 거라고 생각해서 손이 잘 가지 않았다. 그런 책이 있다는 것도 잊었을 무렵, 책장을 훑어보다가 문득 〈성찰〉이 눈에 띄었다. 손바닥보다 조금 더 큰 정도로 아담한 사이즈에 134쪽의 얇은 책이라 부담 없이 읽을 수 있을 것 같았다. 책을 꺼내 표지를 열어 보았다. 목차 앞에 '성찰은 나의 자녀들에게 자기 자신을 신뢰하는 법을 가르쳤습니다.'라는 문장이 눈길을 끌었다. 자신을 반성하고 살피는 성찰이 스스로를 신뢰하게 만드는 기제는 뭘까 궁금했다. 단숨에 책을 다 읽었다. 짧은 내용이었지만 깊은 울림이 있었다.

성찰의 방식은 다양하겠지만, 이 책에서는 매일 자신에게 두 가지 질문을 던진다. '내가 가장 감사하게 생각하는 것은 무엇인가?', '내가 가장 적게 감사하는 것은 무엇인가?'와 같은 두 가지 질문은 우리에게 위안과 메마름의 순간을 깨달을 수 있도록 도와준다고 한다. 이 두 종류의 순간들을 인식하는 것이 문화와 나이에 상관없이 사람들이 자신들의 삶의 방향을 찾는 데 가장 도움이 되는 방법이라는 것이다.

가장 감사한 것뿐만 아니라 가장 덜 감사하는 것에 대해서도 숙고한다는 점이 인상적이었다. 그 당시 감사일기를 3년째 매일 쓰고 있었기 때문에 감사한 일이 무엇인지 떠올리는 것은 익숙했다. 감사일기를 쓰다 보면 감사할 일이 하나도 없는 것 같은 때에도 감사함을 발견하는 작은 기적을 맛볼 수 있다. 불평불만이 줄어들고, 평범한 일상에서 감사할 거리를 찾아내어 소소한 행복을 누린다. 나 자신에게도 만족감을 느끼게 된다. 화가 나고 속상한 일이 있어도 예전보다 빨리 평온을 되찾게 되었다. 하나 도저히 감사하기 어려운 일도 있다. 그러면 감사일기를 쓰면서 마음 한구석이 켕긴다. 감사하지 않은 일은 쏙 빼놓고 감사한 일만 쓰는 것이 좀 찝찝하다. 그럴 때는 따로 일기를 쓰고 나서 감사일기를 썼다. 노트에 감사하기 어려운 일에 대해 쏟아부으면 마음이 한결 가벼워지니 감사일기장에는 글을 쓰고 나서 마음이 가벼워져 감사하다고 쓸 수 있게 된다. 때로는 마음챙김으로 부정적인 마음을 알아차리고 수용한 것을 감사하기도 한다. 돌아보니 그동안에도 꼭 기쁘고 다행스럽고 힘이 되는 일에 대해서만 감사일기를 쓴 건 아니었다. 메마르고 결핍의 순간 속에서 감사할 거리를 찾는 경우가 꽤 많았다. 책의 내용이 낯설게 느껴지지 않았다. 매일 성찰을 통해 나 자신을 더 깊이 알고 신뢰하고 싶었다. 내 삶의 방향을 좀 더 명확하게 찾고 싶다는 마음이 생겼다. 나에 대해 잘 알고 있고 잘 살고 있다고 안이하게 굴다가 와르르 무너졌던 경험을 통해 나 자신과 새롭게 관계를 맺을 필요성을 느꼈기 때문이다.

  책에서는 혼자 성찰해도 도움이 되지만, 다른 사람들과 같이 하는 것이 서로 존중하는 것을 배우고 함께 치유하고 성장하기 위해 노력할 수 있다고 말한다. 나도 혼자서 하기보다는 믿을만한 소수의 사람들과 함께 하고 싶었다. '나'는 다른 사람과의 만남을 통해 가장 잘 발견할 수 있으니까. 현실적으로는 뜻이 맞는 사람들끼리 시간을 맞추어 모이는 게 어렵다. 모임을 만들 때까지 기다리기보다는 혼자서 마음을 살펴보는 글쓰기를 시작했다. 나 자신을 돌아보며 한두 장을 빽빽하게 쓸 때도 있었지만 어떤 날은 쓸 게 없거나 귀찮아서 한두 줄만 쓰기도 했다. 마음글쓰기를 통해 치유되고 힘을 얻는 경험도 하고, 나 자신에 대해 새롭게 알아차리기도 했기 때문에 계속해야겠다고 마음먹었다. 다른 사람들에게도 도움이 될 것 같았다. 아무래도 같이 할 사람이 있으면 더 재미있고, 꾸준히 하기에 좋겠다는 생각이 자꾸 들었다.

해가 바뀌고 연초에 한 독서모임에 참여했다. 운영자는 참가자들에게 모두 각자 자신이 주최하는 독서모임을 만들라고 강조하며, 자신의 경험담과 노하우를 말해 주었다. 이전에는 SNS를 통해 알지도 못하는 사람들을 대상으로 개인적인 모임을 만들 수 있다는 생각을 하지 못했다. 독서모임 운영자의 강의를 들으면서 'SNS를 잘 활용하지 못하는 나 같은 사람도 가능할까?'라는 의문이 떠올랐지만, 내 방식대로 따라 하기로 결심했다. 블로그에 모집 글을 올려 온라인 마음 글쓰기 모임을 만들기로 말이다. 그렇게 마음먹고도 2주가 훌쩍 흘러갔다. 모집 글을 어떻게 써야 할지 막막했다.

'누가 일기장 같은 내 블로그를 본다고 모집 글을 쓴다는 거야?'
'만약 본다고 해도 누가 신청하겠어?'
모집 글을 쓰는 대신 이런 생각들만 늘어놓았다. 글 쓰는 건 어렵고 생각은 쉬우니까. 낯선 일을 시작할 때 부정적인 생각이 저도 모르게 샘솟는다. 우리 뇌는 익숙한 것을 좋아하고 부정적인 것에 더 강하게 반응하기 때문이다. 뇌 과학자들은 뇌가 익숙한 것을 선호하고 부정적인 것에 더 잘 반응하는 이유에 대해 외부의 위험에서 자신을 보호하고자 하기 때문이라고 설명하기도 한다. 원시시대에는 낯선 상황에서 의심하고 조심스럽게 반응하지 않거나 무리에서 떨어져 혼자 새로운 상황에 도전하면 생존하기 어려웠을 테니까 그랬을 것이다.

부정적인 생각이 올라올 때마다 스스로에게 해줄 말을 만들어 놓기로 했다. '뭐 어때, 일단 해보고 안 되면 말지'라는 셀프토크를 개발해 냈다. '남들도 다 하는데, 나도 얼마든지 잘할 수 있어.' 같은 말을 만들어 낼 수 있다면 얼마나 좋았을까. 최근 긍정 확언이 유행이지만, 스스로 믿어지지 않는 말을 하는 건 크게 효과가 없다. 오히려 부정적인 효과가 나타난다는 연구결과도 있다. 여하튼 '일단 해보고 안 되면 말지 뭐'라는 마음으로 모집 글을 쓰기 시작했다. 함께 마음글쓰기를 하면서 나답게 성장하고 행복해지자는 메시지를 전하려면 최소한 설날 전에는 모집 글을 써야 한다는 생각이 들었다. 새해에는 여러 가지 결심도 새롭게 하고 간직했던 소망도 꺼내어 보는 경우가 많기 때문이다. 새로운 습관을 시작하기에 새해란 얼마나 적당한 때인가.

일단 쓰기 시작하니까 어떻게든 모집 글을 완성할 수 있었다. 삶의 방향을 찾기 위해서는 잠깐 멈춰 서서 나 자신과 삶에 대해 살펴봐야 한다, 혼자 하면 작심삼일이 될 수 있으니 같이 마음글쓰기를 하면서 더 나답게 행복해지고 성장하자는 의도로 썼다. 신기하게도 글로 쓰니까 마음글쓰기 습관이 꼭 필요하다는 것이 더 믿어졌다. 사람들이 모이지 않아도 꾸준히 해야겠다고 마음먹었다.

모집 글을 블로그에 올리고 나니 결심한 일을 해냈다는 뿌듯함은 순간이고, 이게 뭐라고 또 다시 부정적인 생각이 올라왔다.

'이렇게 블로그에 올렸는데, 아무도 신청하지 않으면 어떻게 하지?'

'돈 되는 일도 아닌데, 그냥 혼자 쓰면 되지 뭐하러 일을 벌이는 거야!'

주위에서 내 강점으로 긍정적이라는 점을 꼽는 사람들이 많은데, 모집 글 하나를 쓰면서 부정적인 면을 자꾸 보게 되었다. 이래서 새로운 일에 도전해야 하는구나 싶었다. 새로운 일을 하기 전에는 나에게 어떤 모습이 있는지 미처 모를 수 있다. 새로운 일을 시도함으로써 긍정적인 면이든 부정적인 면이든 자신의 여러 가지 모습을 알고 자신을 확장할 수 있게 된다.

부정적인 생각이 올라와도 나 자신에게 들려줄 말(self-talk)을 만들어 두었기 때문에 쓰고 나서는 금세 마음을 가라앉힐 수 있었다. 처음에는 한 명이라도 신청하면 좋겠다고 바라다가 나중에는 점점 욕심이 생겼다. 최소한 3명은 되어야 모임이라고 할 수 있지 않을까 생각했다가, 한두 명은 중간에 그만둘 수도 있으니까 나까지 7명이 되면 좋겠다는 기대가 부풀었다. 그 이상은 꿈꾸지 않았다.

놀랍게도 6명이 신청하여 나를 포함해 7명이 나행성 마음글쓰기 모임을 시작하게 되었다. 생각대로 좋은 걸 함께 하니 더 좋았다.

나행성 하다 : 온라인 마음글쓰기 모임 나행성 사용설명서

〈나행성 - 나답게 행복해지고 성장하는 마음글쓰기 모임〉 모집 글을 블로그에 올리고 나서 본격적인 고민을 시작했다. 모집 글을 올리기 전까지의 고민은 일어날지 일어나지 않을지 모르는 일에 대한 쓸데없는 걱정이었다면, 모집 글을 올린 다음에는 세부적인 운영 계획을 세우는 생산적인 고심을 했다. 책에서 읽은 내용과 혼자 마음 글쓰기를 하면서 체험한 것, 여러 집단상담을 진행했던 경험과 다른 사람들이 진행하는 온라인 프로젝트에 참여했던 경험들을 바탕으로 머릿속에 그려 놓은 그림을 다른 사람들도 볼 수 있게 형식지로 만들 필요가 있었다. 내게는 부족한 능력이다. 운영 매뉴얼을 만들기 위해 무조건 노트북을 켰다. 머리를 쥐어짜봤자 나오는 게 없었기 때문이다.

나의 첫 번째 글쓰기 선생님은, 글은 머리로 쓰는 게 아니라 손으로 쓰는 거라고 여러 번 강조하셨다. 그 말씀이 정답이라 일단 써보기로 했다. 잘 만들고 싶은 마음은 굴뚝같았지만, 가볍게 시작하고 모임을 진행하면서 고치면 된다고 스스로를 타일렀다. 글쓰기 치료에서 사용하는 방법들을 응용했다.

진행방법

1. 자신에게 가장 편안한 시간과 장소를 마련합니다. 가능하면 매일 일정한 시간대와 장소를 유지합니다.
2. 글쓰기를 하기 전에 마음이 편안한 상태가 되도록 합니다.
   각자 원하는 의식(ritual)을 행하셔도 좋습니다. (예 : 향초를 켠다. 잠깐 심호흡, 명상, 기도 등을 한다. 좋아하는 그림이나 음악을 준비한다. '나 자신을 온전히 받아들이고 사랑합니다.'라고 말한다. 등)
3. 편안하고 나 자신을 받아들일 준비가 되면, 15분 동안 제시된 두 가지 질문을 성찰하면서 솔직하게 글을 씁니다. 무엇을 경험했든 자신이 경험한 것을 수용하고 감사합니다.
4. 글쓰기가 끝나면, 제공된 마음글쓰기 후 느낀 점을 기록합니다. 자유롭게 하시면 됩니다. 주 1회 이상 기록해 보시길 추천해 드립니다.
5. 사진을 찍어 며칠 차인지 단톡방에 인증합니다.
   예 : 마음봄 1일 차
6. 매주 토요일 밤 9시~10시(변경 가능)에 한 줄 나눔을 합니다.
   일주일 동안 나행성을 하면서 느낀 점, 배우고 성장한 점, 어려웠던 점, 안부 인사 등을 서로 나눕니다.

7. 나행성 1일 차 시작 전과 20일 차가 끝난 후 제공해 드리는 2가지 척도(자기성찰 척도, 행복척도)를 체크합니다. 사전, 사후 결과를 살펴보며 자신을 되돌아봅니다.

* 〈나행성〉에서는 우리 자신의 자발성과 창조성을 믿고 격려합니다. 따라서 안내드린 내용 외에는 자유롭게 진행하시면 됩니다.

시작하면 어떻게든 완성이 되는 법이다. 진행방법을 쓰다 보니 참가자들이 궁금해 할 수 있는 부분도 Q&A 형식으로 만들어 놓아야겠다는 생각이 들었다. 감사하게도 모집 글을 보고 신청하거나 문의한 분들이 있었다. 문의만 하고 신청하지 않은 분들이 더 많았지만, 처음으로 개인적인 모집 글을 올린 처지로서는 문의만 해주는 것도 설레고 고마웠다. 사람들이 가장 많이 문의한 내용은 두 가지였다. 하나는 매일 다른 질문을 주냐는 것이고, 다른 하나는 마음글쓰기를 어떤 방식으로 하냐는 것이다. 그런 내용을 Q&A로 만들어 놓으면 매번 똑같은 답을 하지 않아도 되고, 문의하지 않은 분들에게도 더 자세한 설명을 제공할 수 있을 것 같았다.

나행성 Q&A

Q&A 1

Q. 두 가지 질문이 제시된다고 했는데, 매번 다른 질문이 제시되나요?

A. 매주 다른 질문이 제시됩니다. 일주일 동안 같은 질문에 대해 글쓰기를 하시면 됩니다. 매주 질문의 내용은 바뀌어도 그 맥은 비슷합니다. 우리에게 위안과 힘을 주는 것과 우리의 결핍을 살펴보기 위한 질문들입니다. 따라서 원하시면 4주 동안 계속 같은 질문으로 글쓰기를 하셔도 됩니다. 때로는 새로운 유형의 질문이 반짝 제시될 수 있습니다.

Q&A 2

Q. 어떤 방식으로 마음글쓰기를 해야 하나요?

A. 글쓰기는 자유롭게 하시면 됩니다.

 - 나행성에서는 노트에 손으로 쓰는 걸 권해 드립니다. 마음에 드는 노트를 마련하여 종이의 감촉과 사각사각 써지는 소리 등을 느끼면서 차곡차곡 사색과 성찰 기록을 쌓아 가시면 나중에 다시 돌아보기도 좋고, 노트를 한 권 다 쓰신 후에는 뿌듯함도 느낄 수 있습니다. 꼭 PC에 쓰길 원하는 분은 그렇게 해도 되지만, 이왕이면 노트에 써 보시길 추천드립니다.
 - 어떻게 써야 할지 막연하다면 질문과 관련된 사건, 상황 등을 객관적으로 기록하시고, 그때 스쳐 지나갔던 생각과 감정을 떠오르는 대로 쓰면 됩니다. 거기에서 발견한 것이나 연상되는 것,

깊은 내면의 속삭임이나 현재 알아차린 것들이 있으면 생각나는 대로 쓰시기 바랍니다.

- 띄어쓰기, 맞춤법 같은 문법이나 문장 구성에 신경 쓰지 말고 자유롭게 씁니다.
- 쓰면서 자신에 대해 평가하지 않습니다.
- 단 하나의 원칙은 자기 자신에게 진솔하게 쓰기입니다.

Q&A 3

Q. 나행성 마음글쓰기를 꼭 15분 동안 해야 하나요?

A. 15분을 꼭 채워야 하는 건 아니지만, 그렇게 하시는 것을 권장합니다. 15분은 하루 24시간의 1%에 해당하는 시간입니다. 최소한 하루의 1% 정도는 온전히 나를 만나고 내 삶을 돌아보는 데 할애하여 나 자신을 좀 더 잘 알아차리고, 존중하고, 사랑하는 시간을 갖고자 하기 때문입니다. 글쓰기를 할 때 생각이 잘 나지 않거나 생각하기 싫어서 5분 만에 끝나는 날도 있습니다. 그럴 때는 성찰을 방해하는 것이 무엇인지 생각해 보거나 어떤 것이든 그 순간에 떠오르는 것을 자유롭게 쓰셔도 됩니다.

Q. 그럼 15분이 지난 후에도 계속 쓰고 싶을 때는 어떻게 할까요?

A. 계속 쓰시면 됩니다. 나행성은 나 자신과 내 삶을 살펴보면서 나답게 성장하고 행복해지는 습관을 만들기 위한 것으로 15분 이상 글쓰기를 하셔도 괜찮습니다. 얼마든지 쓰고 싶은 대로 쓰세요.

Q&A 4

Q. 글쓰기 내용을 단톡방에 공개해야 하나요?

A. 꼭 그렇지는 않습니다. 나행성 마음글쓰기를 하다 보면 다른 사람에게는 공개하기 어려운 깊은 내면의 이야기들이 나오는 경우가 있습니다. 다른 사람들을 의식하지 말고 솔직하고 자유롭게 쓰시고, 공개하고 싶지 않은 내용은 모자이크 처리해서 단톡방에 사진 인증하면 됩니다. 공개해야 하기 때문에 솔직하게 쓰지 못하면 아무 소용이 없기 때문입니다. 날짜만 나오면 됩니다.

글쓰기가 늘기를 바라는 분은 공개하셔도 좋습니다. 은유 작가님, 김민식 PD님을 비롯한 여러 작가님들은 비밀 글만 쓰면 글이 늘지 않는다고 했습니다. 글도 사람처럼 세상에 나와 부딪히고 넘어져야 성장한다고 합니다. 노트에는 생각나는 대로 자기 검열 없이 솔직하게 쓰시고, 단톡방에는 초고를 다듬듯이 처음에 쓴 글을 좀 더 다듬어서 공개하는 연습을 하셔도 좋습니다.

Q&A 5

Q. 나행성 마음글쓰기를 하면 무엇이 도움 되나요?

A. 사람마다 다릅니다. 짧은 경험으로 말씀드리면, 제가 잘 몰랐던 제 모습을 발견할 때가 있습니다. 이미 알고 있던 제 패턴을 다시 한번 확인할 때도 있고, 새로운 제 모습을 보면서 저를 좀 더 잘 알아가고 있습니다. 그리고 저 자신에게 점점 더 솔직해집니다. 날 것인 제 감정을 만나거나 아픈 기억이 떠올라 눈물이 나고 부끄러울 때도 있지만, 숨기거나 외면하지 않고 그냥 받아들이려고 합니다.

저 자신에게 솔직해지니까 다른 사람들에게도 좀 더 솔직해지는 것 같습니다. 그것이 저를 좀 더 자유롭게 합니다.

책에서는 다양한 사람들이 다음과 같이 말하고 있습니다.
- 우리 삶의 방향을 드러내 준다.
- 내 생각에 이래야만 하는 나로서가 아니라, 있는 그대로의 나로 살도록 돕는다.
- 내가 누구인지, 필요한 것이 무엇인지에 관해 솔직하게 얘기하는 것이 점점 나아진다.
- 자기 자신을 신뢰하는 법을 배우게 되었다.
- 우리 선택에 대해 숙고할 수 있는 기회를 제공한다.
- 실수와 잘못된 결정이 배움과 성장의 기회가 되도록 돕는다.

온라인 마음글쓰기 모임 〈나행성〉을 운영하기 전까지 매일 같은 질문으로 마음글쓰기를 하고 있었다. 오늘 가장 감사했던 순간과 가장 감사하지 않았던 순간에 대해 살펴보았다. 생각이 잘 나지 않거나 쓰는 것 자체가 귀찮을 때는 있어도 똑같은 질문 자체가 싫증난 적은 없었다. 그럼에도 다른 사람들은 매번 똑같은 질문으로 글쓰기를 하는 것이 지루할지도 모른다는 생각이 들었다. 소액의 관리 비용을 받는데, 매번 똑같은 질문을 던지면 성의 없어 보이지는 않을까 우려되기도 했다. 매주 다른 질문을 제시하기로 했다. 마음글쓰기를 통해 자신에게 기쁨과 활력을 주는 것과 결핍을 주는 것을 살펴보기 위해서는 매일 다른 질문을 던지는 것보다는 일주일 정도는 같은 질문으로 나 자신과 주변 환경을 살펴보는 것이 효과적이라고 생각했다.

　나행성은 글쓰기를 잘하기 위한 모임이 아니라 글쓰기로 자신과 삶을 돌아보고 자기답게 성장하기 위한 모임이다. 따라서 글쓰기를 가르치거나 모임 구성원들의 글 자체에 대한 피드백을 주지는 않는다. 마음글쓰기 내용을 반드시 공개할 필요도 없다. 그저 혼자가 아니라 누군가와 함께 하고 있다는 느슨한 연대감을 느끼면서 서로 격려하고 도전을 받으면 된다. 하지만 글쓰기 연습을 원하거나 자신의 마음을 개방하고 싶은 분들을 위해 공개 여부는 자유롭게 결정할 수 있도록 했다.

모임 규칙

　온라인 소모임이지만 모임 규칙도 만들었다. 모든 모임은 명시적 규칙이든 암묵적 규칙이든 구성원들이 그 규칙을 지킬 때 원활하게 유지될 수 있다. 그렇다고 서로 얼굴도 모르고 매일 마음글쓰기 노트 사진만 인증하는 모임에 많은 규칙이 필요할 것 같지는 않았다. 3가지 규칙을 정했다. 3이라는 숫자는 완전성을 의미하고 기억하기도 쉬우니 딱 좋았다. 텍사스 주립대학교 교수인 아서 마크만은 어떤 주제에 대해 기억할 때 핵심적인 3가지만 기억하라고 주장한다. 인간이 정보를 머리에서 검색해낼 수 있는 적정 수준이 3개라는 것이다.

세 가지 규칙은 다음과 같다.

---

1. 나행성 벗님들의 마음글쓰기 내용에 공감, 격려해 주세요. 충고나 조언, 비판, 칭찬은 하지 않습니다.
2. 새벽이나 밤늦게 인증 사진이 올라올 수 있으니 필요하신 분은 단톡방 알람을 꺼 주시기 바랍니다.
3. 4주 동안 20회 인증 완료하신 분에게는 함께 축하해 주시기 바랍니다.

첫 번째 규칙은 대부분의 다른 집단 규칙과 비슷하다. 누구도 다른 사람의 충고나 비판을 달가워하지 않을 것이다. 공적 업무나 영리를 목적으로 모인 집단이라면, 필요에 의해 충고나 조언, 비판을 할 때도 있을지 모른다. 나행성은 순수한 사적 모임이고 서로 모르는 사람들이 모여 따로 또 같이 마음글쓰기를 하는 모임이므로 충고나 조언, 비판이 필요하지 않다고 봤다. 충고나 비판은 평가가 들어가기 때문에 선한 의도에서 하더라도 받아들이기 쉽지 않다. 그렇다면 조언은 도움을 주는 말이니 상관없지 않을까? 이런 생각이 든다면, 다른 사람의 조언이 도움이 되었던 때를 떠올려 보자. 조언이 도움 되는 경우는 보통 내가 도움을 청했을 때다. 원하지 않는 조언을 받고 도움이 되는 경우는 별로 없다. 심지어 내가 먼저 청했을 경우에도 도움 되지 않았던 조언이 얼마나 많은가.

상담자 수련을 받을 때 조언이 도움 되는 경우를 배운다. 첫째는 상담자와 내담자의 신뢰관계가 확고할 때다. 둘째, 내담자가 조언을 받아들일 준비가 되었을 때다. 셋째, 내담자가 조언을 원하는 분야에 대한 정보나 지식이 없고 혼자서 그 정보를 얻기 어려운 경우다. 일상생활에서도 마찬가지 아닐까? 나행성에서도 모임 구성원이 도움을 청하지 않으면 괜히 불필요한 도움을 주려고 하기보다는 서로 공감해주고 필요할 때는 격려해 주길 원했다. 함께 하고 있다는 느낌만 받아도 힘이 날 수 있기 때문이다.

그럼 칭찬도 하지 말라고 한 이유는 뭘까? 칭찬은 고래도 춤추게 하고 자신감을 길러주며 인간관계를 훈훈하게 만들 수 있는데 말이다. 칭찬은 상대방의 좋은 점이나 잘한 점을 인정해 주고 높이 평가한다는 걸 알려 주는 것이다. 긍정적이지만 평가가 들어간다. 칭찬은 자신감을 높이고 긍정적 변화를 가져오지만, 자칫하면 비교와 평가에 연연하게 만들 수도 있다.

상담센터에서는 칭찬받은 기억이 거의 없다는 내담자를 자주 만난다. 배우자, 자녀를 비롯한 가족들에게 칭찬할 게 없다는 내담자들도 많다. 반면, 뒤늦게 알게 된 SNS 세계에서는 칭찬이 난무했다. 작은 일에도 '대단해요! 멋져요! 최고예요!' 같은 찬사가 이어졌다. 처음에는 보기 좋았다. 평소에 훌륭하다는 말을 자주 하는 편이었다.

그동안은 호응해 주는 사람이 많지 않았기 때문에 SNS에서 이어지는 칭찬 세례를 보면 나와 비슷한 사람들을 만난 것 같아 반가웠다. 신나게 찬사를 보냈다. 그런데 카톡이나 블로그에서 지나치게 자주 반복되는 칭찬을 보게 되자 약간 식상한 느낌이 들었다. 다른 사람들은 어떤지 궁금해서 주변 사람들에게 물어보았다. 어떤 사람은 으레 하는 영혼 없는 칭찬이라고 여기기도 하고, 살짝 거부감을 느낀다는 사람도 있었다.

칭찬은 사실에 근거해서 구체적으로 해야 하고, 결과보다는 과정, 능력보다는 노력이나 성품에 대한 칭찬을 하는 것이 좋다. 나행성은 자기 자신과 삶을 살펴본 내용을 쓰고 인증하는 모임이라 잘못 칭찬하게 되면 오히려 성찰에 방해가 될 것 같았다. 날마다 마음글쓰기를 인증하는 성실성 말고, 쓴 글의 내용을 보고 구체적으로 잘한 점을 찾아 칭찬을 하게 되면, 그 칭찬이 잘하고 좋은 점만 쓰고 싶게 만드는 검열관이 될까 봐 우려되었다. 어쩌면 내가 평가에 예민한 사람이어서 그런지도 모른다. 나행성은 긍정적이든 부정적이든 아무런 평가 없이 따뜻한 공감과 격려만 가득한 모임이 되길 바랐다.

어설프지만 사용설명서를 만들고 나니 왠지 모임을 잘 진행할 수 있을 것 같은 자신감이 생겼다. 완전하지는 않지만 지도를 만든 셈이었다. 처음 가보는 길을 떠날 때 목적지까지의 여정이 머릿속에 뿌연 그림으로 존재할 때와 명료하게 눈에 보일 때는 확실히 차이가 있다. 지도를 가지고 떠나면 길을 가기가 훨씬 수월해진다. 그렇다고 완벽한 지도를 만들 때까지 기다리기만 하면 목적지에 도달할 수 없다. 정확한 지도는 끊임없는 수정 작업을 통해 만들어진다. 어설픈 지도라도 가지고 일단 목적지를 향해 걷기 시작하자. 직접 길을 걸어갈 때 지도를 좀 더 정교하게 만들 수 있다. 〈나행성〉도 그렇게 시작해서 1년의 여정을 지속할 수 있었다.

따로 또 같이

　아날로그형 인간이라 그런지 직접 만나서 함께 이야기 나누는 모임을 좋아한다. 서로 얼굴을 마주 보고 눈빛을 주고받으며 거리낌 없이 자신의 이야기를 할 수 있는 모임. 서로 공감과 격려를 나누고 아낌없이 응원해 주며 날카로운 조언도 구할 수 있는 지지체계를 만들고 싶은 바람을 가졌다.

　다른 사람들도 그런 모임을 원할 것 같았다. 자기 이야기를 잘 들어주고 허심탄회하게 의논할 수 있으며, 올바른 판단과 결정을 할 수 있도록 조언해 주는 사람이 있었으면 좋겠다는 이야기를 넘치게 들었기 때문이다. 막상 그런 모임을 만들려고 하니까 쉽지 않았다. 일단 믿을 수 있는 사람들로 모임을 구성해야 하는데, 그들이 자기 마음을 공부하는 모임을 원하느냐가 문제였다. 몇몇 친구와 지인들에게 슬쩍 운을 떼 보았다.

"지금도 우리끼리는 온갖 속 얘기를 다 하고 있는데, 뭘 모임까지 만들어."

"마음을 살펴본다고? 넌 뭘 자꾸 자기를 돌아보려고 하냐? 우리는 지금 돈 벌 생각을 해야 할 때지."

"아유, 난 애들 입시 준비만으로도 골치 아파서 다른 걸 할 여유가 없어."

다들 자기 자신을 살펴보는 모임은 무겁고 진지하다고 생각하는 것 같았다. 남의 마음도 아니고 내 마음을 살펴보는 것이 그렇게 어렵고 골치 아픈 일인 걸까? 심각하게 여기지 않아도 된다고, 잠깐 시간 내어 하루를 돌아보면 되는 거라고 했지만, 여럿이 모여서 속마음을 얘기하는 것은 부담스럽다고들 했다. 결정하거나 해결하기 어려운 일에 부딪쳤을 때 방향을 잡을 수 있도록 서로 돕는 모임이 될 수 있다고 꼬셨다. 그랬더니 매일 성찰하고 정기적으로 사람들과 모여서 이야기 나누는 건 시간이 많이 걸리고, 잘되리라는 보장도 없지 않느냐는 대답이 돌아왔다.

맞다. 새로운 일을 시작할 때, 시간도 많이 들고 성공할 거라는 보장도 없다면 선뜻 시작할 엄두가 나지 않는다. 그래서 시작하지 못한 일들이 얼마나 많은가. 따져보다가 너무 오래 걸릴 것 같아서, 지나치게 힘들 것 같아서, 목표를 달성하지 못할 것 같아서 시작도 하지 않고 접어 둔 일들이 수십 가지는 될 터이다. 그렇지만 시간과 노력을 들이지 않고 이루어지는 일이 있을까? 무조건 성공이 보장된 일은 없다. 그런 일이 있다면 너도 나도 하겠지. 살면서 깨달은 것은 모든 일에는 시간과 노력과 비용이 든다는 거다. 우리 삶을 꾸려가는 데 시간과 노력과 돈은 필수다. 돈이 없으면 시간과 노력이 더 많이 필요하다. 여태까지 살면서 학교에 다니고 직장 다니며 가정을 이루고 자녀를 키우면서 얼마나 많은 시간과 노력을 기울였는가. 심지어 싸우고 미워하거나 빈둥거리면서도 많은 시간과 에너지를 들인다. 나 자신을 더 잘 알고 존중하며 신뢰하기 위한 시간과 노력을 아낄 이유가 있을까?

친구나 지인끼리는 친목 도모가 목적이 아닌 모임을 만들기가 쉽지 않다는 것을 경험했다. 인간관계가 형성되면 그 관계의 목적이나 패턴이 변하기가 쉽지 않다. 친구들과 만나면 사적인 대화를 하고, 학부모 모임에서는 주로 아이 학교나 교육에 대한 이야기를 나눈다. 직장에서 만난 사람들과는 일과 관련된 대화를 주로 하고, 독서 모임에서 만난 사람들과는 책과 관련된 이야기를 하게 된다. 친목 중심의 인간관계는 서로에 대한 호감을 바탕으로 친밀감을 주고받는 것이 목적인데, 성장을 목적으로 하는 모임을 만들려고 하니 잘 되지 않았다.

그냥 혼자 하는 게 속 편할 것 같았다. 그래서 글로 썼다. 해보니 좋았다. 좋은 걸 함께 나누고 싶었다. 나에 대해 새롭게 발견하기도 하고, 꼴 보기 싫던 내 모습도 그냥 바라보게 되었다. 아등바등하는 내가 안타까워 눈물이 찔끔 나기도 하고, 의연한 모습이 기특하고 대견스럽기도 했다. 매번 같은 돌멩이에 걸려 넘어지는 내가 답답하기도 했지만, 다른 사람에게 보여주는 관대함을 나 자신에게도 주려고 했다. 이런 경험을 서로 나누면 더 풍성해질 거라 믿었다.

무엇보다 꾸준히 하려면 함께 하는 사람들이 있어야 한다고 생각했다. 여러 시행착오 끝에 '겨자씨 습관'을 실천하면서 나 자신을 덥석 믿기보다는 환경과 시스템을 갖추는 게 훨씬 편하고 쉽게 실행할 수 있다는 걸 몸으로 배웠다. 새로운 습관을 만들고 성장하기 위해서는 친한 사람보다는 같은 관심사와 목적을 가진 사람들과 함께 하는 게 효과적이라는 걸 깨달았다. 함께 성장할 사람들을 만나기 위해 용기를 내기로 했다.

블로그에 모집 글을 쓰기로 마음먹었을 무렵 코로나 19가 유행하기 시작했다. 참여하고 있던 여러 모임이 취소되었다. 오프라인 모임을 좋아했지만, 온라인에서 함께 하는 모임을 기획했다.

온라인 마음글쓰기 모임 〈나행성〉에서는 날마다 두 가지 질문에 대해 글쓰기를 한 다음 단톡방에 사진을 찍어 인증한다. 그러면 그 모임원의 이름을 불러준다. 쓴 내용에 대해 잘했느니 못했느니 평가하지 않는다. 어찌 보면 심심한 모임이다. 마음글쓰기 내용을 가리고 올리는 참가자들도 많다. 상관없다. 하루 삶을 돌아보고 자기 마음을 성찰하며 기록하는 게 중요하다. 모임원들이 다른 사람들에게 반응하느라 에너지를 쓰기보다는 자기 자신에게 집중하길 바랐다.

그럼에도 함께 하는 모임을 만든 건 소통을 원했기 때문이다. 상호 교류를 통해서 더 깊은 성찰과 진정한 성장이 일어난다. 다른 사람도 하니까 나도 해야지, 약속했으면 지켜야지 하는 마음으로 실천하게 만드는 환경 제공도 중요하지만, 나행성은 자기를 이해하고 성장시키는 것이 주목적이기 때문에 서로 소통하는 것이 꼭 필요했다. '나'는 나 혼자서 생각한다고 더 잘 알게 되는 게 아니라 다른 사람에 비추어 볼 때 더 잘 알게 되기 때문이다. 거울을 봐야 내 모습을 또렷하게 볼 수 있는 것처럼 상대방이 있어야 내 모습을 더 잘 볼 수 있다.

그렇다고 똑같은 환경에서 늘 만나던 사람들만 만나면 내 모습이 지금 이 모습뿐인 줄 안다. 반복되는 상황에서는 자신의 다른 모습을 발견하기가 어렵다. 직장에 다니는 사람들은 취업 전에는 몰랐던 자신을 발견한다. 결혼한 사람들은 결혼 전에는 몰랐던 자기 모습을 수시로 만나게 된다. 상담센터에서 만난 한 엄마는 아이를 낳기 전에는 화를 낸 적이 거의 없다고 했다. 지금은 아이에게 늘 소리 지르고 화 내느라 바쁘다면서 자기가 이렇게 화를 잘 내는 사람인 줄 몰랐단다. 한편 어떤 엄마는 40대 후반까지 한 번도 직접 돈을 벌어 본 적이 없었다. 아이들이 대학에 들어간 뒤에 지인 소개로 일을 시작했는데, 자신도 몰랐던 능력을 발휘해 남편보다 돈을 더 많이 벌게 되었다며 웃었다. 긍정적인 면이든 부정적인 면이든 자신의 새로운 모습을 발견하는 것은 '나'를 공부하고 변화시킬 기회가 된다. 새로운 환경과 새로운 사람들을 만나는 것이 중요한 이유다. '나'는 지금 보이는 모습이 다가 아니다.

주 1회, 한 줄 나눔 시간을 갖기로 했다. 토요일 밤에 30분에서 1시간 정도 단톡방에서 모임원들과 문자로 대화를 나누었다. 그 주에 마음글쓰기를 하면서 느낀 점이나 자기 자신에 대해서 새롭게 알게 된 점, 마음글쓰기를 하면서 어려웠던 점이나 좋았던 점을 함께 이야기한다. 평일에는 각자 자신이 정한 시간과 장소에서 혼자 마음글쓰기를 하고, 주 1회 한 줄 나눔 시간에 실컷 대화를 나누었다. 서로 얼굴도 잘 모르고 나이와 사는 지역, 하는 일은 다 다르지만, 자기 자신을 살펴보고 더 충실한 하루를 살기 위해 기꺼이 마음과 시간을 나누는 그들을 나는 벗님이라고 부른다. 이런 벗님들이 있을 때 성장과 변화를 위한 활동을 꾸준히 해나가기가 쉬워진다. 따로 또 같이, 서로 도우며 나답게 성장하고 행복해진다.

내가 왜 이런 짓을

나행성 마음글쓰기 노트를 편다. 이번 주 질문을 확인하고 노트에 적는다.

1. 오늘 만족감을 느꼈던 일은 나의 어떤 욕구를 충족시켜 주었나요?
2. 오늘 불만스럽고 스트레스 받았던 일은 나의 어떤 욕구를 충족시키지 못했나요?

만족감을 느꼈거나 불만족스러웠던 일을 떠올려본다. 생각나는 대로 쓴다. 몇 줄 쓰다가 멈칫한다. 수정테이프로 지운다. 뭐라고 쓸지 생각이 안 난다. 쓴 부분을 다시 읽어본다. 원래 썼다가 지운 내용을 조금 다듬어서 쓴다. 원래 쓰려던 게 이게 맞나 싶다. 펜은 멈추고 머리만 돌아가기 시작한다. 자문자답한다.

'아유, 뭐라고 쓰지. 오늘은 그냥 쓰지 말까?'

'왜 쓰기 싫은데?'

'뭐라고 써야 할지 잘 모르겠으니까 그렇지.'

'그냥 떠오르는 대로 쓰면 되잖아.'

'명색이 운영자인데, 앞뒤 말도 안 맞게 써서 인증하면 부끄럽잖아.'

'글을 잘 쓰고 못 쓰고는 상관없다고, 진솔하게 쓰기만 하면 된다고 해놓고 왜 그래?'

'너무 진솔하게 써서 내가 형편없는 사람 같아 보일까 봐 그러지. 그냥 혼자 할 걸 내가 왜 이런 짓을 시작했을까!'

'다른 사람들을 의식하고 있구나. 다른 사람을 의식하고 있다는 걸 알아차리면서 솔직하게 쓰는 게 조금이라도 성장하는 거 아닐까?'

'아, 그래도......'

'뭐라고 말할지 이미 알지? 오직 할 뿐! 얼른 쓰자.'

시계를 보니 몇 줄 쓰지도 않았는데 10분이 훌쩍 지났다. 하루 15분 동안 나에게 질문을 던지고 글을 쓰는데, 잡생각을 하느라 10분 넘게 쓰다니...... 정신 차리고 다시 글을 쓴다. 가끔씩 내 생각과 감정을 다른 사람에게 보이기 부끄러울 때 왜 혼자 하지 않고 모임을 만들었을까 싶을 때가 있다.

나행성 모임을 시작하고 나서 몇 주 동안은 자주 가슴이 두근거렸다. 소속 기관을 통하지 않고 내 개인 블로그로 사람을 모집해서 온라인 모임을 운영한다는 게 신기했다. 내가 누군지 잘 알지도 못하는 분들이 같은 관심사를 가졌다는 이유로 신청하고 참여해 준 것이 설레고 감사했다. 세상에는 나와 비슷한 취향이나 관심사를 가진 사람들이 존재한다는 것이 기뻤다. 온라인 모임을 운영하는 것이 처음이라 잘할 수 있을지 걱정되었고, 참여하신 분들이 실망하거나 불만족스러워할까 봐 두려웠다.

설레어서 두근거리고, 두려워서 두근거리는 그 두근거림을 추진력으로 삼아 날마다 나 자신에게 물음을 던지고 글을 쓰고 단톡방 관리를 했다. 단톡방에 인증 사진이 올라오면 이름을 불러주며 평가 없이 받아주었다. 때때로 이벤트를 만들어 카톡 선물을 보냈다. 한 달 동안 20일을 꾸준히 인증하는 분들에게는 기쁘게 축하해 드렸다. 가끔씩 모임원들의 블로그를 방문하여 둘러보고 댓글을 남기기도 했다. 며칠 동안 인증 사진을 올리지 않는 분들에게는 조심스럽게 격려를 보냈다. 강요하거나 압력을 가하지 않으면서 함께 하길 기다리고 응원하는 사람이 있다는 걸 알려주고 싶었다. 함께 하는 벗님들이 스스로에게 질문을 던지고 답을 찾아가는 일을 즐겁게 해 나가면서 습관으로 만들기를 바랐다.

시간이 지나자 두근거림은 사라졌다. 당연하다. 내 나이에 가슴이 계속 두근거리면 병원에 가야 한다. 매일 일기를 쓰듯 마음글쓰기를 하는 게 습관이 된 것 같았다. 졸리거나 귀찮은 날도 몇 줄은 쓸 수 있었다. 혼자서도 계속할 수 있을 것 같았다. 감사하게도 처음 예상보다 나행성 모임을 운영하는 데 시간과 에너지가 많이 드는 것 같다는 생각이 슬그머니 올라왔다. 참가자들이 안내에 잘 따라주지 않을 때, 매주 토요일에 약 30분 동안 진행되는 한 줄 나눔 시간에 적극적으로 참여하지 않을 때, 그럴 수 있다고 생각하면서도 안타까웠다. 원래 나는 모임을 이끌기보다는 따라가는 게 더 좋은 사람인데 내가 왜 이런 짓을 하고 있나 싶었다.

어느 날 친한 친구가 물었다.
"네가 한다는 그 온라인 모임은 왜 하는 거야? 네 직업에 필요한 일이야, 아니면 돈이 되는 거야?"
"일에 필요하거나 돈이 되는 일만 해야 해?"라고 반문했지만, 전화를 끊고 스스로에게 물어보았다.
"돈도 안 되고 꼭 해야 하는 일도 아닌데, 나는 왜 이런 짓을 하고 있지?"

처음에는 날마다 나 자신을 살펴보는 시간을 갖고 싶었다. 나 자신에 대해 가만히 생각하는 일은 생각보다 어렵기 때문에 함께 대화할 사람이 필요했다. 매일 일정한 시간 동안 대화할 사람을 찾기 어려워 글로 쓰기로 했다. 해보니까 좋았고, 좋으니까 다른 사람들에게도 알려주고 싶고, 같이 하고 싶었다. 아무리 좋은 것도 혼자서 날마다 계속하는 건 쉽지 않을 거라고 판단했다. 그랬다. 나를 위해서 하는 거였다. 마음글쓰기를 하고 싶은 것도 나였고, 좋은 건 묻지 않아도 괜히 알려주고 싶고, 같이 하고 싶어 하는 것도 내 성향이었다.

아무도 시키지 않은 일을 내가 좋아서 시작했지만, 하다 보니 귀차니스트인 나에게는 번거로운 일이 많았다. 일단 매일 단톡방을 확인하고, 인증 사진을 찍어 올리는 것부터가 익숙한 일이 아니었다. 모임원들의 인증 내용을 확인하고 이름을 불러주거나 매주 카톡 문자로 한 줄 나눔 시간을 진행하는 것도 처음이다 보니 시간과 에너지가 꽤 들었다. 내 모습을 솔직하게 써서 인증하는 것이 부담스러울 때도 있었다. 모임의 원활한 운영을 위해 정했던 참가비는 첫 달에만 받고 이후에는 계속 무료로 진행했기 때문에 받은 금액보다 더 많은 비용을 지출했다. 처음에는 책에서 몇 가지 질문을 뽑았지만 나중에는 더 나은 질문을 만들어 내기 위해 고심하기도 했다.

그래도 한 줄 나눔 시간에 마음글쓰기를 하면서 경험한 일상의 작은 변화를 나눌 때 기뻤다. 자기 자신에 대해 새롭게 발견하거나 너그럽게 받아들이게 되었다는 이야기를 들으면 마음이 몽실해지는 것 같았다. 자신의 비전을 찾았다는 말을 듣고는 놀랍고 감사했다. 내 비전을 찾은 것도 아닌데 설렜다. 자신의 상황을 의논하고 싶다고 개인톡을 주는 분들도 있었다. 별다른 도움을 줄 수 있는 것도 아닌데, 함께 얘기 나누기만 해도 조금은 마음이 가벼워졌다고 해주니 고마웠다. 나중에는 스스로 질문을 만들어 제시해 주는 모임원들이 있어서 든든했다. 새로운 경험을 하면서 온라인 모임을 어떻게 진행하고 꾸려갈지도 배웠지만, 무엇보다 나 자신에 대해 가장 많이 배웠다. 얼굴을 맞대고 직접 만나지 않아도, 사는 조건이 다 달라도 나다운 성장과 행복을 목적으로 모인 사람들이 서로 돕는 벗님이 될 수 있다는 걸 알게 되었다.

왜 이런 짓을 하고 있는지 생각해 보니 처음에 모임을 시작할 때는 생각하지 못했던 부수익이 컸다. 작은 나눔에서 얻는 반짝이는 기쁨이 내가 이 모임을 계속하게 만드는 힘이자 이익이다. 성장과 나눔이 내 삶의 가치 중 하나라는 것을 발견하게 되었다. 나 자신을 꾸준히 성장시키기 위해 모임을 만들었더니 핵심 가치도 발견하고 다른 사람들도 도우며 소소하고 확실한 기쁨(小確喜)과 의미(小確意), 감사(小確謝)를 계속 발굴하게 되었다. 앞으로도 이런 짓을 계속할 생각이다.

한 걸음 더 천천히 간다 해도
그리 늦는 것은 아니야

잠깐 동안 멈춰 서서

머리 위 하늘을 봐

우리 지친 마음

조금은 쉴 수 있게 할 거야

한걸음 더 천천히 간다 해도

그리 늦는 것은 아냐

- 윤 상 〈한 걸음 더〉 가사 일부 -

　어릴 때 느린 편이었다. 엄마가 병원에 데리고 가봐야 하는지 걱정할 정도로 말이 늦게 트였다고 한다. 조금 자란 뒤에도 걷는 속도나 밥 먹는 속도가 느리고, 학교 갈 준비도 느리게 하는 나를 보며 엄마는 '빨리, 빨리'를 입에 달고 사셨다.

"사람이 기동력이 있어야지. 엄마 봐. 벌써 다 준비하고 기다리고 있잖아!"

채근하는 어머니 말씀에 조바심도 나고, 한편으로는 '왜 그렇게 빨리 해야 하는 거야?'란 의문 섞인 불만도 올라왔다.

가정뿐만 아니라 학교, 직장 등 나를 둘러싼 세상에서 빠른 걸 더 선호한다는 걸 알게 되면서 나도 빨라지기 위해 노력했다. 빠른 속도가 높은 생산성과 관련된다고 여기는 사회 속에서 살면서 은연중에 느리면 살아남기 어렵다는 생각이 스며들었나 보다. 느리던 사람이 빠르게 하려니 닥친 일을 해치우기 바빴다. 나도 느린 편이었다는 사실은 까맣게 잊고 어느덧 느린 사람을 보면 답답하다고 여기게 되었다. 다행인지 불행인지 나름 괜찮은 결과물을 내면서 살았다.

다행인 점은 자기효능감을 유지하며 큰 문제없이 살았다는 거다. 해야 할 일을 해내지 못한 적은 거의 없다. 남들 보기에는 비교적 순탄해 보일 수도 있는 삶이었다. 어쩌면 못할 것 같은 일은 아예 관심을 두지 않고 해낼 수 있는 일만 하고 산 걸지도 모른다. 불행인 점은 해치우기 바빠 충분히 음미하지 못했다는 거다. 음미하거나 즐기지 못하니 만족감이 높지 않았다. 더 잘해야 하는데, 더 잘할 수 있었는데 하는 아쉬움이 늘 남았다. 충분히 만족할 만한 결과여도 늘 부족하게 여겨졌다. 만족하는 건 내 한계를 좁고 낮게 정하는 거라고 생각했다. 자꾸 나 자신에게 더 빨리, 더 많이, 더 잘해야 한다고 다그쳤다. 왜 그래야 하는지도 잘 모르면서 막연히 그래야 더 나은 사람이 될 수 있을 것 같았다. 말로는 천천히 해도 된다고 하면서 실제로는 미래의 더 나은 모습만 꿈꾸며 현재의 나를 제대로 돌아보지 않았다. 현재의 나는 아직 부족하고 모자란 미완성인 존재였다.

차라리 해야 할 일을 잘 해내지 못하고, 결과가 크게 나쁜 경험을 일찍 했다면 좀 더 빨리 나 자신을 돌아봤을까? 40대에 큰 상실과 실패를 경험하면서 어쩔 수 없이 나 자신을 돌아본 적이 있다. 스스로 자기 자신을 돌아보지 않으니 강제적으로 집행당했다고나 할까. 엘리자베스 퀴블러 로스가 제시한 죽음을 받아들이는 5단계와 비슷한 경험이었다. 임종 연구 분야의 개척자이자 〈인생수업〉의 저자인 엘리자베스 퀴블러 로스는 죽음을 직면한 사람들이 슬픔과 상실의 5단계를 경험한다고 했다. 부정과 고립-분노-타협-우울-수용의 5단계 과정을 거치지만, 사람에 따라 이 단계의 순서를 다르게 경험하거나 이러한 단계를 경험하지 않기도 한다. 내 경우에는 처음에 우울에 빠졌다가 현실을 부정하면서 고립 속에서 분노와 타협을 오가다가 반성하고 수용하려고 애썼다.

건강과 돈, 관계를 모두 잃게 되면서 어떻게 이런 일이 있을 수 있는지 믿고 싶지 않았다. 시간이 지나면 어떻게든 되지 않을까 하는 희망을 가장한 회피를 일삼다가 빨리 문제를 해결하고 싶어 상담도 받았다. 일시적으로 수습이 되는가 싶어 상담을 종결했는데, 문제가 끝나지 않았다. 점점 말이 없어졌다. 사람들과 연락을 하지 않았다. 오는 연락은 될 수 있는 대로 짧게 끊었다. 아무것도 하기 싫었다. 내가 이 모양인데 누굴 상담하나 싶어 일도 거의 그만두었다. 바깥세상은 빠르게 흐르고 있었지만 내 세상은 멈추었다. 깊은 늪 속에 빠진 것 같았다.

'어떻게 나한테 이럴 수가 있어! 왜 하필 나한테 이런 일이 생기는 거야!'

내 삶을 망친 나 자신과 뒤통수친 사람들에게 화가 났고 하느님까지 원망스러웠다. 성경에 사람이 미련하여 길을 망치고서도 마음속으로 도리어 주님께 화를 낸다더니 딱 그 짝이었다. 이 상황들이 내가 원하는 방식으로 잘 해결되면 앞으로는 정신 차리고 열심히 살겠다고 타협도 했다. 수용이 답이라는 걸 알고 있었지만, 아무리 마음을 다스리려고 해도 도저히 받아들이기가 어려웠다. 제법 유능하다고 여겼는데 갑자기 더디고 무능한 사람이 된 것 같았다.

'내가 그럴 줄 알았어. 삶의 균형을 무시하니까 이런 꼴이 됐지.'
'네가 그러고도 상담자고 선생이냐. 내담자나 학생들에게 말하는 대로 살았어야지. 이제 부끄러워서 그들을 어떻게 볼래?'

아무리 자책하지 않으려 해도 저절로 자기 비난이 쏟아졌다. 절로 한탄이 나왔다. 홀홀 털고 빠르게 전화위복을 만드는 사람들도 있는데, 나는 왜 그러지 못할까. 20~30대도 아니고 안정되어야 할 40대에 이게 무슨 꼴이람. 이제부터 꽃길만 있을 줄 알았더니 똥밭에 빠졌구나.

이전과는 다르게 살아야 한다는 건 알았지만, 어떻게 해야 할지는 막막했다. 시간이 흐르면서 믿을만한 가족, 친구들과 이야기 나누며 위로받기도 하고, 처음에 상담받았던 내용도 상기하며 마음을 추스르기 시작했다. 만약 나 같은 상황의 내담자를 만나게 된다면 내가 어떻게 했을까 떠올려 보았다. 아마 잘 들어주고 공감하면서 안아주었겠지(holding). 당장 해결할 수 있는 방법이 없을 때는 그냥 버티는 수밖에 없다는 걸 받아들이는 데 시간이 걸렸지만, 결국엔 견디기로 했다.

빠른 결정을 촉구하는 시대다. 신속한 의사결정이 빠른 실행을 불러오기 때문이다. 준비가 완벽해질 때까지 기다리다가는 상황이 달라져 기회를 놓치거나 실행을 못 하게 되는 경우도 있다. 하지만 삶에 큰 충격이 왔을 때, 위기상황에 부딪쳤을 때는 우선 평범한 일상으로 돌아가는 것이 중요하다. 어느 정도 회복이 될 때까지 아무 결정도 하지 않기로 결정했다. 마음이 안정되지 않고 혼란한 상태에서 섣부른 결정을 하기보다는 일상을 유지하면서 나에게 시간을 주기로 했다. 꼼짝하지 않다가 난생처음 운동을 시작했고, 겨자씨 습관이라고 이름 붙인 작은 습관을 실천하기 시작했다. 그렇게 시간을 갖고 천천히 아주 작은 걸음을 내디디며 조금씩 마음의 근육을 만들고 삶의 기반을 다시 다져 나갔다. 그런 다음 마음글쓰기를 하면서 나를 다시 보게 되었다. 날마다 하루 15분, 이 짧은 시간들이 노트에 쌓이면서 내 평범한 일상이 단단하고 깊어진다.

마음이 조급해서 문제를 후딱 해결하고 싶지만, 언제나 방법은 있는 그 자리에서 현재 상황을 받아들이고 한 걸음씩 천천히 내딛는 것뿐이다. 더디고 답답해 보여도 한 걸음씩 천천히 꾸준히 가는 게 결국엔 가장 빠른 방법이 된다. 가수 윤상의 노래 가사처럼 한 걸음 더 천천히 간다 해도 그리 늦는 건 아니다. 오늘도 틈틈이 겨자씨 습관을 실천하고, 10분~20분 마음글쓰기를 한다. 아직도 마음이 급해질 때가 수시로 있지만, 노트에 한 글자씩 쓰면서 한 걸음씩 찬찬히 가자고 속삭인다.

아이와 함께 했으면 더 좋았을 걸

아이가 초등학교 때 반 친구들한테 얻어맞거나 놀이 순서를 빼앗기는 경우가 가끔 있었다. 놀다가 순간적으로 일어나는 일이라 나중에 알았을 때 따져 묻기는 어려운 일들이 대부분이었다. 키만 크고 마음은 솜털 같아 툭하면 눈물을 글썽였다. 학교생활이나 친구관계에서 속상하고 억울한 일이 있어도 말을 하지 않아 그 당시에는 모르고 지나갔다가 한참 후에 알게 되는 일이 종종 있었다. 해가 바뀌고 나서야 알게 되는 일도 허다했다. 아이가 커서도 저렇게 마음이 여리고 속 얘길 하지 않아 마음고생하면서 살까 봐 걱정되었다. 때로는 타이르듯, 때로는 나무라듯 아이한테 수시로 얘기했다.

"무슨 일이 있으면 바로 부모한테 얘기해야 해. 특히 속상하거나 안 좋은 일은 더 말해야 돼. 그래야 도와줄 수 있지. 말하지 않으면 모르니까 도와줄 수 없잖아. 나중에 다 지나간 다음에 알아도 그렇고."

아이는 알았다고 했지만, 여전히 속으로 삭힌 다음에 한참 후에야 말하는 경우가 많았다. 말하지 않은 이야기는 더 많으리라.

집에서는 신나게 떠들다가도 밖에서는 쑥스러워하고 자기표현을 잘 못해서 할머니는 안방 군수라고 부르기도 했다. 초등학교 학부모 참관수업 때 가보면 다른 아이들은 엄마를 의식해서인지, 아니면 원래 수업 때마다 그런지 몰라도 서로 대답하고 싶어 "저요! 저요!" 하면서 손들기 바쁘다. 우리 아이만 단 한 번도 손을 들지 않고 입을 꼭 다물고 있었다.

화나고 억울한 감정만 표현하지 못한 것이 아니라 긍정적인 감정도 잘 표현하지 않았다. 초등학교 3학년 때 같은 반 친구 몇 명과 중국어 수업을 시킨 적이 있다. 발이 넓은 동네 엄마가 선생님을 모셔와 집집마다 돌아가며 1년 정도 수업을 했다. 선생님 사정으로 수업을 끝마치게 된 날, 마지막 인사를 드릴 때였다. 다른 아이들은 우르르 선생님께 달려가 매달리면서 그동안 감사했다는 둥, 선생님이 너무 좋다는 둥, 보고 싶을 거라는 둥 재잘재잘 거리는데, 우리 아이는 다른 아이들 뒤쪽에 서서 아무 말도 못 하고 있었다. 그러고 나서 집에 오자 아이는 갑자기 울기 시작했다. 깜짝 놀라 왜 우냐고 물으니, 선생님이 좋은데 이제 못 만나게 되어 너무 슬프다는 거였다.

'아니, 선생님이 계실 때 그렇게 말했어야지! 다들 인사드릴 때는 가만히 있다가 이게 뭔 일이람.......' 속으로 투덜대며 한숨을 꾹 참고 물어보았다.

"선생님이랑 헤어져서 많이 아쉽구나. 그런데 아까 선생님께 인사 드릴 때는 아무 말도 안 한 이유가 뭐야?"

"....... 뭐라고 말해야 할지 몰라서......."

"지금 엄마한테 말한 것처럼 '선생님이 좋은데 헤어져서 슬퍼요.' 라고 말씀드리면 어떨까?"

"......."

휴....... 부정적인 감정을 잘 표현하지 못하는 것도 속 터졌지만, 긍정적 감정을 표현하지 못하는 모습은 더 안타깝고 답답했다.

가끔씩 반 친구들한테 할 말을 하지 못해서 끙끙거리는 걸 알게 되면 역할놀이를 통해 말하는 방법을 연습시키기도 했다. 아이에게 상황을 물어본 다음, 내가 아이 친구 역할을 하면서 그 상황을 연출한다. 아이한테 그 상황에서 친구가 된 나에게 하고 싶은 말을 해보게 했다. 하고 싶은 말을 생각해서 떠듬거리며 하는 경우도 있지만, 아이는 자기가 하고 싶은 말이 뭔지도 잘 모르는 경우가 많았다. 반대로 아이에게 친구 역할을 시키고 내가 우리 아이 역할을 맡아 이야기를 해본 다음, 아이에게 어떤지 물어보기도 했다. 어떤 때는 자기 역할을 한 엄마 말이 자기가 하고 싶은 말이라고 할 때도 있지만, 어떤 때는 잘 모르겠다고 할 때도 있다. 그러면 대사를 쓰듯 아이가 하고 싶은 말을 글로 써본다. 한 번에 아이가 하고 싶은 말이 써지면 좋지만, 아이 마음에 들지 않을 때는 여러 번 수정해야 할 때도 있다. 자신이 무슨 말을 어떻게 하고 싶은지는 잘 모르지만, 엄마인 내가 쓴 말이 자기가 하고 싶은 말이 아닌 건 아는 아이를 보면서 다행이라는 생각과 함께 욱하는 마음이 올라올 때가 부지기수였다. 생각과 감정이 상반된 경험을 아이 키우면서 참 많이도 했다.

마음글쓰기를 하면서 아이가 어릴 때 마음글쓰기를 했으면 자녀 양육이 좀 더 편해지지 않았을까 하는 생각을 종종 했다. 무엇보다 우리 아이에게 마음글쓰기를 알려 줄 수 있었으면 얼마나 좋았을까. 그러면 아이가 속상할 때마다 조금이라도 위안을 얻고 자기 마음을 좀 더 잘 알고 표현하지 않았을까? 잠깐 이런 생각을 하다가도 '아니야. 아이가 글쓰기를 싫어해서 알려줬어도 하기 어려웠을 거야.'라는 생각을 하며 아쉬움을 털어냈다. 독서록이나 일기 쓰기 숙제를 하라고 하면, '오늘은 친구랑 유희왕 카드놀이를 했다. 참 재미있었다.' '〈책 먹는 여우〉라는 책을 읽었다. 여우가 책을 먹는 것이 신기하고 재미있었다.' 이런 식으로 한두 줄 쓰는 게 다였기 때문이다. 하지만 글을 쓰지는 않더라도 매일 잠깐씩 대화로 마음을 살펴보고 나누는 시간을 가졌으면 좋았겠다는 아쉬움이 살짝 남는다.

우리 아이가 어릴 때는 마음글쓰기를 몰라서 못했지만, 매일 밤

복식 호흡을 함께 했다. 복식 호흡 방법 중에서도 간단히 할 수 있는 4-7-8 호흡법을 선택했다. 4-7-8 호흡법은 대체의학 분야에서 유명한 미국 의사 앤드류 웨일이 소개한 호흡법이다. 방법은 우선 4초 동안 코로 숨을 들이마신다. 입을 다문 상태에서 4초 동안 코로 천천히 숨을 깊게 들이마시는데, 이때 배가 살짝 늘어난다. 다음은 7초 동안 숨을 참고 멈춘다. 그런 다음 8초 동안 입으로 숨을 천천히 내쉰다. 들이마신 숨을 다 뱉는다는 느낌으로 천천히 내쉰다. 배가 살짝 들어간다. 이렇게 3~6번 반복한다. 복식 호흡은 심폐기능 향상, 체지방 감소, 콜레스테롤 감소 등 여러 가지 효과가 있다고 알려졌지만, 무엇보다 이완을 통한 스트레스 완화와 긴장 해소에 효과적이다. 그렇기 때문에 스트레스를 잘 받고 자기표현을 잘 못하는 우리 아이에게 꼭 필요한 습관이라고 생각했다.

처음에는 혼자 할 수 있도록 가르쳤다. 방법을 알려 주고, 연습을 시켰다.

"자, 숨을 천천히 들이마시는 거야. 하나, 둘, 셋, 앗, 벌써 내쉬면 안 되지. 다시 숨을 들이마셔 봐."

"이제 7초 동안 숨을 참는 거야. 아니, 배가 움직이면 안 되지. 잠깐 멈추라고."

"이제 천천히 입으로 내쉬어 볼까. 하나, 둘, 셋, 넷, 아유, 더 길게 내쉬라니까."

쉽지 않았다. 3번씩 연습을 시키고 나서 혼자 하라고 하니까 아이는 하는 둥 마는 둥 했다. 아이 침대 옆에 서서 시키는 건 참 귀찮은 일이었다. 아이도 내키지 않아 했다. 같이 하기로 했다. 안방 침대에 같이 누워 앱을 실행시켰다. 앱에서 흘러나오는 안내에 따라 숨을 들이마시고 참았다가 내쉬었다. 가끔씩 아이가 제대로 따라 하고 있는지 살펴보긴 했어도 내 호흡 연습에 더 집중하기로 했다. 같이 하기 때문에 내 호흡에 주의를 기울이다 보면 아이한테 잔소리할 틈이 없어서 좋다. 아이도 혼자 하라고 할 때와 달리 군소리 없이 연습하기 시작했다. 함께 하니 계속하기가 수월해졌다. 복식 호흡이 아이의 긴장 해소에 얼마나 효과가 있었는지는 정확히 알 수 없지만, 최소한 마음의 평화를 가져왔다. 서로 목소리 높이고 짜증 냈다가도 자기 전에 함께 나란히 누워 복식 호흡을 하고 짧은 기도와 사랑의 인사로 하루를 마무리하는 의식(ritual)은 평온함을 되찾게 해준다. 일상에서 의식이 중요함을 깨닫게 되었다.

자기표현을 잘하지 못하던 아이는 중학생이 되면서부터 달라지기 시작했다. 사람들 앞에서 말하는 건 부담스럽다고 질색하던 아이가 시키지도 않았는데 학급임원 선거에 나갔다. 매년 학급회장, 부회장을 도맡아 하고 수업 시간에 발표도 적극적으로 하기 시작했다. 고등학교 때도 학급임원뿐만 아니라 친구들과 동아리를 만들어 여러 활동을 하고, 교내 토론대회에서 우승을 하기도 했다. 아이 스스로도 자신이 많이 변했다고 인식하고 있었다. 우리 아이가 별 탈 없이 사춘기를 보낼 수 있었던 데에는 매일의 리추얼이 영향을 미치지 않았을까 생각해 본다.

마음글쓰기도 아이가 어릴 때부터 부모와 함께 하면 효과가 있을 거라고 봤다. 오늘 가장 기쁘고 즐거웠던 일은 무엇인지, 가장 속상했던 일은 무엇인지를 떠올리며 글을 쓴다. 오늘 가장 감사했던 일과 가장 감사하지 않았던 일에 대해서 쓸 수도 있다. 글을 쓴 다음에 부모와 함께 짧게 대화하는 시간을 갖는다면, 아이가 자기 자신에 대해 잘 알게 될 뿐만 아니라 생각과 감정을 정리하고 표현하는 능력도 길러질 것이다. 글쓰기를 싫어하거나 글자를 잘 모르는 어린아이들은 대화로도 충분히 가능하다. 만약 아이가 하기 싫어하면 억지로 하지 않는다. 하지만 보통 어린아이들은 부모와 함께 이야기하는 시간을 즐거워한다. 잠자기 전에 아이와 함께 마주 보고 오늘 가장 좋았던 일과 가장 안 좋았던 일에 대해 이야기 나누는 것만으로도 부모-자녀 관계가 훨씬 돈독해질 수 있다.

이때 기억해야 할 점은 아이의 말에 토를 달지 말아야 한다는 것이다. 평가하거나 비판, 충고하지 말고 그냥 수용해 주는 것이 중요하다. "응. 그랬구나."로 충분하다. 아이가 단답형으로 짧게 말하면 구체화시킬 수 있도록 열린 질문을 해주는 것도 좋다. 날마다

10~15분 동안 하루를 돌아보고 마음을 살피는 대화를 통해 우리 아이들은 자기의 욕구를 더 잘 알게 되고 자기 자신을 믿게 될 것이다. 엄마도 내 아이를 좀 더 잘 이해하고, 친밀하고 신뢰로운 관계를 맺을 수 있게 된다.

아이에게 엄마랑 같이 마음글쓰기를 하자고 슬쩍 말을 건네 본다. 이제 다 큰 아이는 알아서 하겠단다. 역시 아이와 뭘 같이 하려면 어릴 때부터 시작하는 게 좋다. 아직 어린 유치원, 초등학생 자녀를 둔 엄마들은 몇 개월 만이라도 시도해 보면 좋겠다. 아이와 함께 엄마도 자라는 경험을 하게 되지 않을까.

함께 한 벗님들의 이야기

매주 토요일 밤, 30분에서 1시간 정도 한 줄 나눔 시간을 갖는다. 평일에는 단톡방이 늘 조용한 편이지만, 한 줄 나눔 시간에는 서로 이야기 나누느라 바쁘다. 주로 한 주 동안 마음글쓰기를 통해 느낀 점을 나누지만, 개인적인 근황을 전하며 안부를 주고받거나 현실적 문제에 대한 각자의 경험을 나누기도 한다.

지금 생각하니 화상 미팅을 통해 나눔의 시간을 가졌어도 좋았을 것이다. 처음에는 디지털 도구가 낯설어 화상 미팅을 생각하지 못했다. 날마다 노트에 마음글쓰기를 하고 단톡방에 인증하는 모임이다 보니 소통도 단톡방을 통해서 하면 되겠다고 단순하게 생각했다. 나행성 모임 이후에 기획했던 온라인 모임(심리학 독서모임, 행복 습관 프로젝트)은 화상 미팅을 하는 것으로 바꾸었다. 어떤 일이든 시행착오를 겪으면서 경험과 노하우가 축적되고 성장한다.

약간 아쉽기는 해도 단톡방 소통도 충분히 즐겁고 편안했다. 덕분에 문자 보내는 속도가 빨라졌다. 자신의 경험을 공유하면서 서로 공감하고 격려하는 그 시간이 매일 혼자 마음글쓰기를 꾸준히 할 힘을 주었다.

함께 했던 벗님들의 이야기를 발췌해서 옮겨 본다.

저녁에 두 가지 성찰 질문으로 글을 쓰다 보니 하루 일과도 정리할 수 있고, 오늘의 소중함도 느끼고 정말 감사합니다.

마음글쓰기를 하지 않았다면 그냥 지나쳤을 순간들이었어요. 글을 쓰며 하루를 매듭짓는 기분이 들었고 생각했던 것보다 기뻤습니다.

나를 드러낼 수 있는 좋은 방법이 글쓰기입니다. 저하고 잘 맞기도 하고요. 글을 쓰고 나눌 수 있어서 좋았어요.

계속 내가 나를 부정적으로 보고 있다는 걸 알았어요. 그래서 '그냥 이대로 괜찮다'를 연습했는데 아직은 자연스럽지 않아요. 하지만 '조금씩 내 힘을 믿고 행동하는구나.' 하는 건 느껴지고 있어요.

마음글쓰기를 하면서 무엇이든 생각하기 나름이라는 걸 느꼈습니다.

하루를 마무리할 때마다 내 생활이 일-육아-일-육아밖에 없다는 생각에 씁쓸한 반면, 무미건조하게 반복되는 듯한 생활 속에서도 매일매일 성찰할 의미 있는 일들이 있는 걸 보면 나름 스펙터클(?)한 하루를 보내는 것 같더라고요.

마음글쓰기를 통해 '내가 이런 부정적인 생각과 행동을 했어.'에서 멈추지 않고 그게 왜 불편한지와 나를 어떻게 부정적으로 움직이게 했는지 알게 되었어요. 특히 부모님과 나 그리고 자녀, 이 연결고리를 들여다보면서 많은 부분을 알아가고 있어요.

저에 대해서, 하루를 되돌아보는 게 좋았어요. 길게 써지는 건 아닌데, '오늘 뭐했지? 나는 오늘 어땠지? 뭐가 감사했지?' 이런 생각을 하루에 한 번이라도 할 수 있었어요.

시키지 않아도 한 것 중에 제일 잘한 건 자신에게 사랑한다고 매일 말하기예요.

상황은 같은데, 내가 의식적으로 긍정적으로 생각하게 되니 부정과 긍정은 시각 차이라는 걸 느꼈어요.

억지로 사는 줄 알았는데 생각보다 하고 싶은 대로 하고 있다는 걸 알게 되었어요.

마음글쓰기를 하다 보니 하루 일을 돌아보고 제 자신과 대화도 하고 좋았습니다.

코로나19로 격리기간 동안 나행성 모임이 큰 힘이 되었어요. 마음글쓰기 하면서 욱하는 걸 참았어요. 예전 같으면 폭발했을텐데, 내가 지금 기분이 안 좋은 이유를 알게 되니 좀 더 의식적으로 감정조절이 되었어요.

행복도가 4.25였는데, 4주 만에 5.25로 1점이나 상승했어요!

일단 몇 번 빠져도 된다는 게 좋았습니다. 원래 한두 번 빠지면 하기 싫어져서 포기하게 되는데, '다시 해도 되는구나.' 하는 마음에 안심했어요.

전에도 나 자신을 자주 살펴본 것 같은데 이렇게 써보니 정리가 되는 것 같기도 하고, 쓰면서 또 달라지기도 하고 그렇더라고요.

저는 나행성 하면서 제 비전을 찾게 되었어요.

더 잘하려고 나를 계속 체크한다는 걸 알고는 내려놓기도 되더라고요.

글을 쓰면서 더 깊이 감사하게 되고, 안 좋은 일은 글을 쓰면서 그 상황이라든가 그 사람을 이해하게 되는 점이 좋았습니다.

저는 예기치 못한 새로운 발견을 했을 때와 기대치 않게 목표를 다 이루었을 때 생동감을 느낀다는 걸 알게 되었어요.

> 마음글쓰기 하면서 얽혀있던 제 생각이나 감정들을 많이 정리하고 있어요. 머리로 하던 걸 글로 풀어내니 훨씬 시원합니다.
>
> 나행성 하는 동안 저 자신에 대해 많이 알게 되었고, 무엇이 저에게 중요한지 알게 되어서 좋았어요.

이렇게 소중한 경험을 함께 나눌 수 있어 감사하다. 코로나 19라는 팬데믹 상황에서 자유롭게 사람을 만나거나 여행을 떠날 수 없었지만, 우리는 방구석에서 마음글쓰기라는 도구를 통해 마음여행을 떠났다. '나'를 만났다. 벗님들을 만났다.

제3장

묻어 두었던 마음 꺼내기

나에게 안식년을 주기로 했습니다

아이를 잃어버렸습니다

보이지 않는다. 아이가 보이지 않는다. 겨우 열 발자국 떨어진 곳에 있던 아이가 순식간에 보이지 않는다. 크지 않은 블록 가게 내부였다. 다만 사람들이 가득했다. 덩치 큰 어른들 사이를 비집고 나올 때가 되었는데 나오지 않았다. '혹시 납치라도 당한 건가?'라는 생각에 머릿속이 하얘졌다. 한 바퀴 도는데 30초도 채 안 걸리는 가게 안을 돌고 또 돌았다. 아이 이름을 부르려는데 목소리가 나오지 않았다. 이 와중에도 아이 잃어버린 걸 들키기 싫어서였을까. 부끄러워 누굴 붙잡고 도와 달라할 자신도 없었다. 그때 누군가 내 팔을 붙잡았다. 아이를 찾고 있냐고 물었다.

"Yes, yes!"

대답은 들리지도 않았다. 그저 가리키는 곳으로 뛰었다. 또 누군가가 나를 잡는다. 아이에게 데려다주겠다고 한다. 말하지 않아도 사람들은 내가 아이를 찾고 있다는 걸 알고 있었다.

아들이 보인다. 내 아들이. 그 와중에도 레고 상자는 꼭 쥐고 담담하게 서 있던 아이가 나와 눈이 마주치자 그제야 닭똥 같은 눈물을 뚝뚝 떨어뜨린다.

"Thank you, thank you!"

고맙고 감동적인 마음을 표현할 길이 없었다. '땡큐' 말고는 생각나는 말이 없었다. 부끄러움에 아이를 데리고 도망치듯 가게를 나섰다. 그리고 아이를 잃어버릴 뻔한 이번 일만큼은 평생 함구하리라 맘먹었다.

"아들을 잃어버렸었어."

입이 방정이다. 덜컥 내려앉았던 가슴이 진정되지 않아 내뱉은 말이 화근이었다.

"그럼 그렇지, 네가 그럴 줄 알았다!"

남편의 비아냥거림이 내 신경을 건드렸다. 너무 놀라 무너지던 내 마음을 이해해 주지 못하는 남편에게 서운했다. 언성이 높아지다 결국 다음 일정도 취소했다. 7시간을 달려 온 우리 가족 첫 놀이동산 나들이는 그렇게 끝이 났다.

플로리다 평원을 지나는데 해가 땅끝에 걸렸다. 보고 있자니 온갖 서러움이 밀려든다. 이해받지 못한 서운함 때문만은 아니다. 싸워도 박차고 나가지 못하고 남편이 원하는 대로 집으로 향해야 하는 처지가 서러웠다. 붙잡고 싶어도 기어코 어둠에 잠식당하는 해처럼 내 인생도 어둠을 향해 끌려가고 있는 듯했다.

다시 시작된 미국 생활 3개월 차였다. 다시는 안 올 것처럼 뒤돌아섰던 이곳에 나는 또 서 있었다. 2년 전 미국을 떠날 때와 크게 달라진 것이 없었다. 남편이 있는 미국으로 돌아와야 한다는 걸 인정하게 되었을 때만 해도 철저히 준비해서 미국 사회에 도전하겠다고 다짐했었다. 실력을 키워 이 낯선 곳에서도 당당하게 살 거라고 호언장담했다. 그러나 결국 아무것도 손에 쥐지 못했다. 학교부터 찬찬히 다시 시작하겠다고 도전했지만 줄이어 떨어지고 나니 무엇도 시작할 엄두가 나지 않았다.

이 땅에서 내 편은 남편뿐이었다. 그가 나를 비판하자 와르르 무너져 내렸다. 못난 나를 들킨 수치심에 분노했다. 잘못을 인정하지 않고 반항할 뿐이었다. 나에게 상처를 주었다고 고래고래 소리 지르면서도 무기력하게 남편이 운전하는 차를 타고 7시간을 버텨야 했다.

그 노을 때문이었다. 아니, 덕분이었다. 흔들리는 차 안에서 '나답게 행복해지고 성장하는 마음글쓰기 2기' 신청 버튼을 눌렀다. 여행 출발 전부터 모집 글을 몇 번이나 읽고, 마음 접기를 반복해왔다. '성공하지 못하면 어쩌지?', '남들에게 내 부족한 모습을 들키는 거 아닐까?', '멤버들 중에 내가 제일 글을 못 쓸 거야.' 등 온갖 걱정에 휴대폰만 만지작거리다 단념하기 몇 번, 모집 링크를 들락거린 게 또 몇 번이었다. 지는 해를 보며 눈치만 보고 살다 죽을 수 있다는 두려움이 들자 도리어 용기가 났다. 노을 덕에야 겨우 도전할 수 있었다.

이미 늦은 거 딱 1년만 더

다시 이곳, 미국에 오고 싶지 않았다. 여기에서 나는 항상 아웃사이더였다. 어딜 가든 눈치를 봐야 했고, 잔뜩 긴장했다. 그런 현실을 회피하고 싶어 복직을 핑계로 도망치듯 한국으로 돌아갔다. 복직하니 살 거 같았다. 나의 명함, '육사 출신 정 대리'라는 타이틀 덕분이었다. 아닌 척했지만 내 출신과 타이틀 덕에 인정받는 세상이 그리웠다. 미국에서는 누가 무슨 일을 하냐고 물으면 뜨끔했다. 한국에서처럼 인정받고 싶어 다니던 회사 이름을 대고 휴직 중이라 해도 사람들의 반응은 심드렁했다. 나는 그저 수줍고 말 못 하는 아시아인일 뿐이었다.

손에 쥔 게 없으니 어디서든 주눅 들었다. 실수하지 않을까 눈치를 살폈다. 타이틀이 그리워 학위 취득이며 취업을 서둘렀지만, 뜻대로 되지 않았다. 그러면서도 내가 능력이 없다는 걸 들키고 싶지 않아 조마조마했다.

"이 일은 험하고 고객사와 많이 싸워야 하는데 할 수 있겠어요?"

어쩌다 회사 면접을 본 자리에서 면접관이 물었다. 몇 마디 나누지 않았지만, 면접관은 나를 이미 파악하고 있었다. 블록 가게에서 아이를 잃어버린 걸 모두가 눈치챘듯 나의 이 두려움과 자신감 없는 마음은 말하지 않아도 드러났다. 당장 직장을 구하고, 학교에 입학한들 주눅 든 모습으로는 안 될 것이었다. 적어도 이런 모습을 더 이상 아이들에게 보여주고 싶지 않았다. 나를 거울처럼 따라 하는 아이들에게 겉도는 모습을 보여주고 싶지 않았다. 죄인인 듯 숨거나 눈치 보지 않고 당당한 모습을 보여주고 싶었다. 그러려면 마음을 먼저 단련해야 했다.

'이미 늦은 거, 딱 1년만 내게 기회를 주자.'

나는 스스로 안식년을 주기로 했다. 경단녀라는 상황에 쫓겨 시간을 허비하지 않도록 안식년이라는 그럴듯한 명칭을 부여했다. 일단 마음의 근육을 단련할 시간을 갖기로 했다. 명함이나 경력이라는 허상 뒤에 숨지 않기 위해 자존감을 먼저 키우기로 다짐했다. 그 첫걸음으로 '나답게 행복해지고 성장하는 마음글쓰기', 〈나행성〉을 시작했다.

난 미국이 맞지 않나 봐
- 마음의 병은 몸으로 옮겨 간다

식사는 뜨거운 물에 말아 먹는 밥이 전부였다. 잠도 제대로 자지 못했다. 둘째 아이를 가진 뒤 위경련이 찾아왔기 때문이다. 임산부에게 안전하다는 약이란 약은 다 찾아 먹어봤지만 무용지물이었다. 혹시 무얼 잘못 먹어서 그러는 건가 싶어 안 먹고 버텨봤다. 그러다가 너무 배가 고파 아무거나 닥치는 대로 먹고 더한 고통에 괴로워했다. 기력이 없으니 쉽게 짜증이 났다. 연고도 없는 타지에서 남편은 바빴고, 집에 나와 단둘이 남겨진 아이는 이유 모를 엄마의 짜증을 모두 받아내야만 했다.

아파도 병원에 갈 엄두가 나지 않았다. 1년 넘게 통증에 시달리다 한국에 돌아와서야 검사를 받았다. 병명만 확인하면 알맞은 약도 처방받고, 더 이상 고통스럽지 않아도 될 거라 기대했다. 그런데 그저 남들도 다 있는 가벼운 위벽 손상이라고만 했다. 내가 얼마나 고통스러웠는지 아무리 호소해도 그렇게 아플 일은 아니라는 이야기만 돌아왔다. 약 하나 받을 수 없었다. 고통에서 벗어날 수 있다는 희망은 깡그리 사라졌다. 그런데 생각해 보니 한국에 도착한 뒤로 아픈 적이 없었다. 한동안 입도 못 대던 매운 것을 먹어도, 소화가 잘 안되는 고기류를 배부르게 먹고 바로 잠들어도 아프지 않았다.

　그렇게 내 병은 잊혀갔다. 남편을 미국에 두고 한국으로 돌아와 회사에 복직한 뒤로는 피곤할 때마다 커피도 마시고, 회식도 거하게 했다. 두 시간 반 동안 다섯 번 차를 갈아타며 집에 오는 퇴근길엔 항상 야식이 들려있었다. 종일 아이들을 보지 못했던 아쉬움을 야식으로 달랬다. 막걸리와 안주를 매일 같이 사다 먹어도 내 위장은 끄떡없었다.

　그러나 미국 땅을 밟기 무섭게 통증은 다시 시작되었다. 여독 풀라고 남편이 직접 끓여준 수프만 먹었을 뿐인데 탈이 났다. 나의 귀환을 환영하는 자리에서도 속을 달래주는 나무 수액 껌만 씹고 있어야 했다. 잘 먹는 것만큼은 세상 자신 있던 내가 음식을 주문할 때마다 장황하게 빼야 할 것을 설명해야 했고, 마트에서 음식 재료를 살 때는 성분 체크가 기본이 되었다. 먹을 수 있는 음식이 줄어든 만큼 내 세상도 작아지는 기분이었다.

내과 의사면서 정신분석학자였던 던바는 성격과 질병의 관계에 대한 논문에서 완벽주의 성향이 있고 감정표현이 억제된 사람이 암에 잘 걸린다고 발표했다. 마음의 상처를 억누르면 몸이 아프게 된다는 것을 보여주는 사례였다. 이후 정신분석학자였던 프랭크 알렉산더는 7개의 심인성 질환을 발표했는데, 내 통증처럼 소화기관과 관련 질환(위궤양이나, 십이지장궤양, 긴장성 대장염)이 다수 포함되어 있었다. 분노, 불안과 같은 감정들이 자율신경과 호르몬을 통해 소화기관과 같은 신체에 변화를 가져와 병을 유발할 수 있다고 보는 것이다.

결국 병을 만든 건 나 자신이었다. 타지 생활에 대한 두려움과 경력 단절에 대한 좌절, 무력감이 몸을 아프게 했다. 마음이 아픈 것을 외면하니 몸이 마음 대신 경고한 것이다. 그런데도 꽤 오랫동안 마음의 병 때문에 몸이 아프다는 걸 인정하지 못했다. 일도 그만두었겠다, 남들이 부러워하는 외국 생활을 누리는데 스트레스라는 걸 받으면 안 되는 거였다. 새로 시작해야 하는 상황을 회피하고 싶고, 한국에 두고 온 것들이 아쉬웠지만 그런 마음을 억누르기만 했다. 두려워하는 나 자신을 질책하기 바빴다. 사관학교에서 배웠듯, 사회생활에서 요구받았듯, 무조건 당차게 나아가야 한다고 압박했다.

몸이 심하게 아픈 뒤에야 마음을 바라보게 되었다. 몸의 경고를 받고 나서야 자신에게 퍼붓던 험악하고 잔인한 말들을 거둬들여야 한다는 것을 알게 되었다. 이러다가는 내 몸이 망가져 아무것도 하지 못하게 될 것이라는 위협을 받고서야 내 머릿속 잔인한 악마를 내쫓기로 맘먹었다. 그럴싸한 명함과 커리어를 만들어 나를 대변하게 해야 한다는 생각들이 몸과 마음을 문드러지게 하여 그 어떤 분장과 위장으로도 약한 모습을 숨길 수 없게 되어서야 나에게 쉼표를 쥐여 주었다. 나에게 안식년을 선포했다.

안식년을 처음 가졌을 때는 그저 내가 '잘하는 것'만 찾으면 모든 것이 해결될 것으로 생각했다. 잘하는 것을 찾아 남들에게 인정받으면 행복해질 것이라 여겼다. 강점 검사, MBTI 진단에 참여하고, 커리어 관련 컨설팅을 받으며 어떤 모습을 부각시킬지에 집중했다. 마음글쓰기를 시작할 때만 해도 좌절과 자아비판 속에 억눌린 내 장점을 찾아내는 것이 목표였다. 하지만 그 과정에서 내가 얻은 것은 의외였다. 부정적인 감정을 없애려고 시작한 일이 그것 또한 나의 한 면모라 인정하게 해 주었다. 걱정, 두려움, 무력감과 같은 감정을 회피하려고 일단 아무거나 위장에 들이붓던 일도 줄어들었다. 나 자신을 있는 그대로 받아들이게 되니 남들의 시선도 크게 신경 쓰이지 않았다. 같이 식사하면서 불편해할까 봐 말 못하던 내 증상을 알리니 오히려 존중받는 경우가 늘어 더 행복해졌다. 내가 잘 못하는 것은 못하는 대로 인정하고 내가 가진 에너지를 기준으로 일정과 약속을 잡으니 효율도 늘고 스트레스받을 일도 줄었다. 내가 나를 아껴주니 어느 순간 위 통증이 말끔히 사라졌다.

징크스 - 뭐 좀 하려 하면 아픈 우리 가족

아아, 우리의 피곤한 친구에게는 쉽사리 잠이 찾아오지 않았다. (중략) 백작의 걱정거리 하나가 나타나서 그의 생각을 붙들더니 과장된 동작으로 인사한 다음 줄의 맨 끝 자리인 자기 자리로 돌아갔고, 이어 다음 걱정거리가 춤을 추며 앞으로 나왔다. 백작의 걱정거리들은 정확히 무엇이었을까?

- 에이모 토울스의 〈모스크바의 신사〉 중 -

남편이 코비드 19 의심 증상을 보인다. 그가 들이킨 약병을 손끝으로 겨우 들고 나와 신경질적으로 휴지통에 버렸다. 이제 당분간 따로 자겠다며 아이 방으로 건너왔다. 남편이 힘들어하는 모습을 보고도 남편 걱정보다 내가 감염될까 더 염려되었다. 내가 아프면 남겨질 아이들이 걱정되었기 때문이다. 우리 부부가 아니고서는 아이들을 돌봐줄 사람이 없다고 여겼다. 그런 걱정으로 심장이 정신없이 쿵쾅거렸다.

징크스가 있다. 새로운 일에 도전하려 하면 누군가 아프다. 승진 시험을 보는 날, 아이는 고열로 쓰러졌다. 중요한 미팅이 잡혀 공항에 가야 하는 날엔 아이 아빠가 몸살로 일어나지 못했다. 비행시간을 코앞에 두고 갓난쟁이 아이를 어찌하지 못해 발을 동동 굴렀다. 자격시험을 앞두고는 아들과 둘이 여행 갔던 남편이 토사로 얼룩진 아이를 업고 되돌아왔다. 책을 쓰겠다고 책상에 앉은 지 딱 일주일 되는 오늘도 남편이 아프다. 내가 한 도전이 징크스가 되어 가족을 아프게 하는 것 같아 가슴이 쓰렸다.

이러면 어쩌지, 저러면 어떡하지 하는 근거 없는 불안이 나를 휘감는 순간을 맞닥뜨리곤 한다. 한번 불안에 휩싸이면 또 다른 걱정거리가 생기고, 그 근거 없는 걱정들이 도돌이표로 머릿속을 어지럽게 한다. 그렇게 합리적인 사고와는 멀어진 내가 내린 결론이 징크스였다. 승진을 바라는 것도, 성과를 내서 회사에서 인정받는 것도, 자격시험을 보는 것도 다 내 욕심이라 여겼다. 내 이득을 취한 죗값으로 가족들이 아픈 거라고 결론지었다. 징크스라 못 박고 나니 무엇이든 도전을 앞두면 일단 머뭇거리게 되었다. 이 징크스를 깨지 않으면 아무것도 도전할 수 없을 거였다.

마음글쓰기로 내가 지나치게 두려워하고 있다는 것을 인지하고 나서야 징크스가 내가 만든 허상이라는 걸 알게 되었다. 또한 남편이 아프다고 나까지 전염되어 아이들이 방치될 거라는 걱정도 섣부른 판단이었다는 것을 인정하게 되었다. 연관성 없는 두 사건을 징크스로 연결하고, 아직 일어나지도 않은 일을 미리 염려하는 것은 문제해결에 전혀 도움이 되지 않는다는 걸 깨달았다.

중학생 시절 봉사활동으로 묵은쌀에 생긴 쌀벌레를 솎아내는 일을 한 적 있다. 포대에 얼굴을 들이대고 벌레를 잡을 때는 끝이 보이지 않았다. 너무 많아 절대 다 잡을 수 없을 거라고 푸념하자 누군가가 돗자리를 펴고 쌀을 쏟아부어 주었다. 비로소 벌레들이 한눈에 보였다. 문제가 생겼을 때 내 머릿속도 이와 같다. 너무 긴장하여 복잡하고 다양한 감정과 생각이 머릿속을 어지럽게 한다. 해결책은 찾지 못한 채 부정적인 감정만 커져간다. 노트에 이러한 생각과 감정을 쏟아내는 것은 묵은쌀을 돗자리에 펼치는 것과 같다. 억울하고 화나는 마음을 글쓰기로 풀어놓으니 객관적인 상황이 어떤지, 해결책은 무엇인지 찾아낼 여유가 생긴다. 감정에만 치우쳐 정신없이 요동치던 심장도 한참을 울고 난 것처럼 청량해진다.

O월 O일
속상한 일이 생겨서 일단 펜부터 들었다. 운명이라는 게 있다면 받아들여야 하는 거겠지만 가끔은 나만 불행한 거 같아 억울하다. 평생 이러고 살까 봐 그게 화가 나고 속상하다. (중략)

크큿! 그냥 현실에 만족하며 사는 수밖에 없지. 남과 비교할 필요 있나. 하고 싶은 거 다 하고, 먹고 싶은 거 다 먹고사는데 그럼 되었지. 아, 웃겨라. 결국 이러고 말 것을 혼자 씩씩대었구나.

내가 썼던 마음글쓰기 일부이다. 분노에 가득 찼다가 실실 쪼개며 끝을 냈다. 마음글쓰기를 하다 보면 종종 일어나는 일이다. 상황은 변하지 않았는데 내 태도는 금세 180도 바뀐다. 노트에 끄적이는 동안 속상하고 화나던 마음이 저절로 풀렸기 때문이다. 감정에만 치우치던 내가 객관적으로 상황을 판단하는 사고를 할 수 있게 되면서 현실을 있는 그대로 받아들일 수 있게 된다.

내가 뭔가 도전하려 하면 가족들이 아프다는 징크스도 마찬가지이다. 가족들이 아플 때 그저 잠시 지나가는 일로 생각하지 않고 확대하여 걱정하고 체념해 버렸던 것이 문제였다. 감기나 몸살로 아픈 것은 어쩌면 찰나일 뿐인데, 지레짐작 내 도전을 미리 포기할 이유로 삼아왔다.

과하게 걱정하고 징크스 탓이라며 불만을 표하는 데 낭비하던 에너지를 줄이니 가족의 회복을 응원하며 동시에 내 일에도 정진할 힘이 생겼다. 그렇게 징크스를 극복하고 가족과 함께 내 길을 나아갈 수 있게 되었다.

내 자식의 억울함엔 참을 수 없어

얄미워진 나, 내가 이렇게 못됐었나?

"오늘 두 번이나 저희를 무시하시더니 이런 요구까지 하시네요. 제가 마음이 좀 풀리면 고려해 보지요."

화상수업 단체 채팅방에 날이 선 문자를 보냈다. 원래 같았으면 좋은 게 좋은 거라며 그냥 지나갔을 문제다. 오히려 무시당할 짓을 했다며 자신을 탓했을 것이다. '많이 피곤해서 날카로운가 보다. 우리 아이가 말이 많아 수업이 방해될 수도 있지.'라고 치부하며 상처받은 마음을 무시했을 것이다. 그러던 내가 여럿이 보는 단체 채팅방에 불만을 표출했다. 안 하던 짓을 하고 나니 죄를 지은 것처럼 손이 덜덜 떨리고 심장이 요동친다. 상대방의 반응을 마주하기 두려워 휴대폰 전원을 꺼버렸다.

코비드 19가 만연하던 2020년 가을 즈음, 집에만 있어야 하는 아이들의 사회성을 길러주고자 화상으로 또래 아이들과 정기적으로 만났다. 각자 창작 활동이나 실험, 언어 교육 등을 준비하여 꽤 알차게 꾸려나가고 있었다. 그날 잇따라 아이의 발언이 제재당해 감정이 상해있던 나는 상대방 엄마의 작은 요구에 결국 비꼬듯 내 감정을 드러냈다.

사실 웬만해서는 내 감정을 드러내지 않는 나였다. 남들에게 좋은 사람으로 보이고 싶었고 난처해지는 상황도 싫었기 때문이다. 마음이 상하는 상황이 와도 회피하고 모른 척하며 살아온 것이 36년이다. 그런 내가 마음글쓰기를 조금 했다고 내 마음을 표현해야 할 것만 같았다. 불편하다는 표시를 내야만 할 것 같았다. 앞뒤 상황에 대한 설명도 없이 얄밉게 내 마음을 던졌다.

마셜 B.로젠버그가 창시한 비폭력 대화에서는 이러한 단계를 얄미운 단계라고 표현한다. 남들을 기쁘게 해주기 위해 항상 애써야 한다고 생각하던 사람들이 나를 희생하고 남의 기분을 맞춰주며 살면서 내면의 소리를 얼마나 무시하고 살았는지를 알게 되는 단계라 했다. 이 단계에서는 어떤 방식으로 내 의도와 행동을 표현해야 책임 있는 행동인지 잘 모르기 때문에 얄밉다고 표현한 듯하다.

마음글쓰기를 시작한 지 6개월 된 나도 그랬다. 나 자신의 감정에 솔직해지고 호불호가 강해지자 목소리를 내는 것에만 집중하고 다른 사람의 마음은 경시하였다. 그러다 결국 갈등이 깊어져 상대방에게 상처를 주었다. 한 번도 겪어본 적 없는 상황에 나는 안절부절못하였다. 미움받을까 봐 걱정하는 예전과 같은 두려움이 다시금 내 마음을 지배하고 있었다.

'무시당했다는 기분은 네 피해망상 아니야? 그런 부끄러운 마음을 내비치면 어떻게 해? 다른 사람들이 너를 어떻게 보겠어? 정말 한심하다.'

나 자신이 부끄러워 제대로 주변에 하소연도 못 하고 대신 그 마음을 마음글쓰기 노트에 적었다.

○월 ○일

자꾸 곱씹느니 여기에라도 풀어야 할 거 같아 적는다. 다른 엄마들은 내 맘을 이해해 줄 거로 생각했는데, 웬걸? 다들 내가 미쳐 날뛴다고 생각하는지 내 눈치만 본다. 하지만 처음부터 맘먹은 일 아닌가? 남들에게 끌려다니지 말고 딱 내 아이를 위한 일만 하자고. 지금 와서 나에 대한 작은 오해나 평판이 중요할까? 아이가 더 이상 상처받지 않게 되었고 든든한 자기편이 있다는 걸 알게 되었으니 그거면 되었다.

뭘 쓸지 궁리하지 않고 떠오르는 대로 마구 적었다. 그러다 보니 얄미운 짓을 한 내 욕구가 무엇인지 알 수 있었다. 내 아이가 상처받지 않았으면 하는 엄마의 마음이었다. 행동은 서툴렀지만, 의도를 알게 되니 나에 대한 비난을 접을 수 있었다. 내 마음이 사춘기를 겪고 있다고 생각하기로 했다. 어른이 되려면 얄미운 사춘기를 겪어야 하듯 언젠간 다른 사람의 감정도 존중하면서 내가 원하는 바도 편하게 주장하게 되기 위한 당연한 수순이라 생각하기로 했다.

로젠버그도 얄미운 단계는 자연스럽고 당연하게 거쳐야 하는 단계라 했다. 마음글쓰기를 하면서 나와 같은 일을 겪게 될 당신도 자신에게 집중하게 되면서 오는 불편한 상황을 슬기롭게 이겨내길 바란다. 오히려 한 단계 성장했음에 기뻐하고 자축했으면 좋겠다. 이 단계만 지나면 내 욕구도 충족시키고 타인도 연민으로 대할 수 있게 될 것이라는 희망을 가지자.

나에 대한 이해가 타인에 대한 이해로

하루는 4페이지에 걸쳐 마음글쓰기를 한 적 있다. 남편과 싸운 날이다. 그날의 질문은 '오늘 나 자신이 자랑스러웠던 일은?' 이었다. 그런데 적은 내용은 대부분 하소연이다. 싸운 일에 대해서 정신없이 적다가 남편에 대한 불만까지 잔뜩 늘어놓았다. 그렇게 한풀이하다 보니 매번 같은 일을 반복해서 내뱉고 있다는 것을 깨달았다. 남편도

싸우기만 하면 예전 일들을 들추어내는 나에게 지친다고 한 적 있었다.

'나는 왜 자꾸 옛이야기를 꺼낼까?'
'남편의 어떤 말이 나의 상처를 건드렸고, 그때 기분은 어땠지?'
나만의 마음글쓰기 질문을 만들어보았다. 모든 게 남편의 잘못이라고만 생각했는데 내가 특정 사건에 대해 예민하게 반응하는 것도 갈등의 원인이라는 걸 인정하게 되었다. 그러고 나니 남편에 대한 화가 누그러졌다. 나 자신으로 시선을 돌리니 그제야 내가 부정적인 평가에 지나치게 방어적으로 반응한다는 것을 알 수 있었다.

나의 표정이 풀어지고 태도가 부드러워지자 남편도 그것을 느꼈나 보다. 예상치 않게 먼저 사과했다. 과거의 실수를 매번 들추어내는 것이 서운했다고 자신의 감정을 표현해 주었다. 덕분에 변하려고 노력하는데 그 마음을 몰라주어 섭섭했겠구나 하며 남편을 공감할 수 있었다. 나 서운한 것만 생각하고 남편의 마음은 읽어주지 못했다는 걸 깨닫자 미안해졌다. 그 마음을 표현하자 남편도 "당신이 요새 여러 가지 일들로 힘들어서 그런 거 같아."하며 나를 이해해 주었다. 주변에서 일어나는 일들이 내게 스트레스를 주고 있다는 것을 나도 알아차리지 못하고 있었는데, 남편이 먼저 알아준 것이다.

마음글쓰기를 하지 않았다면 부부 싸움 후 분해하며 혼자 억울해하고 있었을 것이다. 마음글쓰기 덕에 친구들에게 하소연한 마냥 마음이 풀렸다. 내가 과거 상처에 대한 자기 연민에 빠져 있었다는 걸 깨닫게 되었다. 남편에 대한 연민이 생기니 속 깊은 이야기도 할 수 있었다. 남편의 꿈 이야기, 남편의 마음을 듣게 되면서 나 또한 내가 남편의 노력을 너무 몰라주고 있었음을 인지할 수 있었다. 상대방을 헤아려 본 덕에 더 깊은 관계를 맺게 되었다. 내 감정, 내 분노에만 짓눌려 보지 못했던 주변을 볼 여유가 생겼다.

내 마음속 부모와 화해하기

"우리 부모님은 따뜻하거나 감정표현을 많이 하시는 분은 아니셨어요."

담담하게 내뱉는 말에 놀랐다. 부모님을 부정적으로 평가한다는 것에 놀랐다.

"그렇지만 그럴 수밖에 없었다고 생각해요."

혼란스러웠다. 부모에 대한 부정적 평가도, 감정적인 사랑을 주지 못한 부모를 있는 그대로 인정한다는 것도 충격이었다. 부모의 부정적인 모습을 인정하면 부모를 원망하게 될 거로 생각했다. 부모에게 상처받았다는 걸 인정하고도 원망하지 않을 수 있다는 것이 믿기지 않았다.

부모님은 내 자랑거리였다. 어릴 적 친구들은 자상한 우리 부모님을 부러워했다. 화내거나 체벌을 가한 적이 없다는 말을 믿지 않았다. 친구들의 칭찬에 우쭐했다. 그때부터 우리 부모님을 '완벽한 부모님' 프레임에 가뒀다. 그 프레임을 깰 생각을 해본 적 없었다. 부모에 대한 비판을 회피했다. 내 뜻과 달라도 부모님의 결정을 전적으로 따르고 살아왔기에 부모님도 완벽하지 않을 수 있다는 걸 인정하게 되면 내가 무너질 것 같았다.

MBTI 검사

심리학 스터디에서 들은 위와 같은 말들이 머릿속을 떠나지 않던 때, "우리 MBTI 검사 한번 해보자." 하고 가족 채팅방에 제안이 올라왔다.

"난 ISFP."

"ISFP? '호기심 많은 예술가'? 그건 너랑 너무 안 맞는 것 같은데?"

엄마의 짧은 답문에 갑자기 울분이 터졌다.

"왜? 예술가가 아니라서? 감각이 발달했다 하잖아. 그걸 예민하다고만 치부하고 살았으니 내가 지금 이 지경이지."

울컥했다. 엄마가 종종 '넌 너무 예민했어.'라고 하던 말이 떠올랐기 때문이다. 내가 예민해서 키우기 힘들었다는 그 말을 들을 때면 죄지은 기분이었다. 감각이 예민한 것은 남을 불편하게 하는 일이라고만 여겼다. 나의 예민함도 장점이 될 수 있음을 알았다면, 내 감각

을 통해 느껴지는 것들을 당당히 표현하며 살았을 텐데 하며 아쉬워
하던 마음이 괜히 엄마에게 쏠렸다. 한번 서러워지니 오만가지가 다
서운했다.

'엄마가 나를 제대로 알고 키워주셨다면, 내 예민함을 껴안아 주
고 용기 낼 수 있게 북돋아 주셨다면 이렇게 나 자신을 미워하며 살
지는 않았을 텐데.'

'그럴 수 있다고 한마디만 해주지. 나만 이상한 사람인 줄 알고 살
았잖아. 내가 주눅들 수밖에 없었던 건 다 부모님 때문이야.'

부모에 대해 비판할 수도 있다는 걸 알게 되자 모든 것이 다 불만
이 되었다.

"내가 널 몰랐구나. 이제라도 날개를 활짝 펴보렴."

엄마의 답변엔 미안하다는 말은 없었다. 알아서 잘해보라는 말로
들렸다. 숨이 턱 막히고 가슴이 미어져 아무것도 할 수 없었다.

부모님과 연락을 끊었다

"내 교육방식 때문이니?"

그 일 이후 하루가 멀다고 전화하던 내가 연락을 끊으니 엄마한테
먼저 연락이 왔다. 듣고 싶었던 말을 들었지만 나는 내 마음을 표현
할 수 없었다.

"내가 예민해서 혼자 오버해서 생각한 거지 뭐."

마음이 오락가락했지만 늘 그랬듯 엄마를 불편하게 하고 싶지 않았다. 나만 입 다물면 주변 사람들이 덜 힘들 거라는 내 오랜 원칙이 작동했다. 그렇지만 내 심장은 쥐어짜듯 아팠다. 예민한 내가 문제라는 말에 부정하지 않는 엄마를 보고 또 한 번 무너져 내렸다. '난 결국 예민한 문제아구나.' 싶어 좌절했다. 가슴이 너무 아픈데 내가 '예민한 까칠이'라는 사실을 들킬 것만 같아 남들에게 하소연할 수도 없었다. 어릴 적처럼 소리 없는 눈물만 펑펑 쏟으며 노트를 꺼냈다. 말로 하기 부끄러워 글로 썼다. 부모님이 어쩜 저렇게 나 몰라라 할 수 있냐고 서운한 마음을 쏟아냈다. 지금이라도 내가 여태까지 받아온 상처를 얘기해서 부모님이 죄책감을 느꼈으면 좋겠다고도 적었다. 남편과의 갈등을 마음글쓰기로 풀었던 것처럼 신나게 적으면 원망하는 마음도 말끔히 씻어질 줄 알았다. 그러나 쓰면 쓸수록 내 마음만 미어지게 아팠다. 나행성 벗님들과 함께하는 질문도 뒤로하고 이 주제에 집중했으나 나아지는 게 없었다. 그때 리더 마음봄 님이 적어도 4일 동안 하루 20분 이상 같은 주제로 매일 글쓰기를 해볼 것을 권하셨다. 꺼내기 싫은 기억을 매일 적으려니 점점 지쳐갔다. 부모님에 대한 원망도, 못난 나에 대한 자책도 적을수록 나아지기는커녕 상처를 더 깊게 만드는 게 아닌가 싶은 순간도 있었다. 일주일쯤 되었을 때, 더 이상 펜을 들고 싶지 않았다. 하얀 백지가 내 눈물에 젖어 지저분해질 뿐이었다. 그러다 매일 그렇게 문제집을 적셔가던 사춘기 소녀가 떠올랐다. 소리 없이 죄 없는 문제집만 적셨다. 눈물 콧

물 적신 휴지만 어지럽게 쌓아갔다. 그리곤 방을 나선다. 다시 방에 들어섰을 때 젖은 휴지가 치워져 있으면 괜한 기대를 했다. 누군가는 내가 힘들다는 것을 눈치챘을 거라고. 하지만 기대했던 일은 일어나지 않았다. 몇 번 같은 일이 반복된 뒤 소녀는 자신의 눈물을 부모님이 의도적으로 무시하고 있다고 믿기 시작했다.

오늘은 내가 부모님 대신 그 소녀가 듣고 싶었던 말을 해주기로 했다.

"무슨 일 있니?"

소녀는 두 눈을 반짝인다. 이 질문만으로도 충분히 감격한 아이는 그저 아무 일 없다며 도리어 내 기분을 살핀다. 하지만 이번엔 그 아이가 진짜 원하는 것을 끄집어내 주기로 했다.

"괜찮아. 뭐든지 네가 원하는 걸 말해봐."

"나도 동생처럼 회화학원 다니고 싶어요."

과거의 그 사춘기 소녀는 끝내 그 말을 하지 못했다. 눈물 젖은 문제집을 본 부모님이 한 번쯤 물어봐 주겠지 하며 기다렸을 뿐이다.

부모님에 대한 마음글쓰기를 시작한 뒤로 계속해서 같은 사건에 대해 적고 있는 나를 보면서, 그 사건이 내게 주는 의미에 대해 고민하기 시작했다. 그 시절 그 일이 왜 나에게 상처였는지 스스로 질문하면서 20년 전 나를 돌아보았다. 나는 삼 남매의 맏이였다. 부모님께 부담을 주지 말아야 한다고 항상 생각했다. 그러나 지금 내가 그 아이를 마주 대하니 그런 책임감은 아이에게 너무 벅찬 일이었다. 끊임없이 부모님의 사랑과 관심을 갈구하면서도 그 마음을 누르는 것이 참 힘들었겠다 싶었다. '눈물 젖은 휴지'도 이 아이로서는 나름대로 큰 외침이었을 텐데 그 뜻이 전달되지 않아 참 속상했겠다고 생각했다. 내가 어린 나를 공감해 주는 것임에도 남이 나의 마음을 알아준 것 마냥 인정받은 기분이었다. 지금의 내가 그때 부모님에게 듣고 싶었던 말을 대신해 주는 것만으로도 이미 마음이 풀리는 걸 느낄 수 있었다. 누구보다 그 아이를 잘 알기에 정말 원하는 말을 해 줄 수 있었기 때문이다. 마음글쓰기를 통해 어리고 연약한 내 모습과 대면하면서 그때부터 내면에 자리 잡고 있던 상처를 직시할 수 있었다. 상처받은 어린 나를 보듬어주고 토닥여 주는 것만으로도 상처가 치유되는 기분이었다.

그 당시 말하지 않아도 부모님은 내 마음을 다 알아줄 거라 믿었다. 내 눈물에 반응이 없던 것도 그저 거절의 의사 표현이라고 여겼다. '사실은 부모님도 내가 울고 있었다는 걸 모르고 계셨던 건 아닐까?'라는 생각에 다다르자 마음이 저절로 말캉해졌다. '완벽한 부모님' 콩깍지가 벗겨지던 순간이었다. 내가 부모가 돼 보니 알겠다. 아무리 노력해도 완벽한 부모가 될 수 없다는 것을. 다 안다고 생각하는 내 자식에 대해 사실 잘 모른다는 것을 말이다. 그 시절 나는 친구들이 부러워하는 우리 부모는 모든 걸 다 알고 있을 거라 착각했다. 나보다도 나를 잘 알거라 여겼기에 부모가 만든 '소심하고 겁많은 큰 딸'이라는 틀을 스스로 깨볼 생각을 하지 않았다. 그저 소심하고 말 못하는 못난 자식이라 그런 학원에 다녀도 소용없다고 여겨진다는 게 속상했다. 나에 대한 기대가 없다는 걸 사랑이 없다는 걸로 오해하고 있었다. 이제 내가 못나서가 아니라 부모도 내 맘을 몰랐기에 그런 결정을 했다고 생각하자 부모님에 대한 오해가 저절로 풀렸다. 나도 부모에게는 소중한 존재였지만 그들도 완벽하지 않기에 방법이 서툴렀을 뿐이라는 걸 받아들이게 되었다. 마음속 완벽한 부모를 버리자 그제야 그들의 사랑이 보이기 시작했다.

말해 뭐해, 그냥 버려

수도 필터를 사는데 엄마 것도 주문해 달라고 하신다. 내 건 만 원짜리, 엄마 것은 오만 원이 넘는 것을 주문했다. 얼마 뒤 배달 잘 왔냐는 내 물음에 "색도 안 어울리고, 스테인리스도 아니고, 길이도 불편하네. 금방 때 타고 변색될 거 같아."라고 답하신다. 그 문자를 뚫어지게 쳐다보다 휴대폰을 껐다. 두 가지 마음이 왔다 갔다 한다.

'엄마 댁 개수대가 스테인리스인지 아닌지, 길이가 어떤지 미리 확인했어야 했는데 나는 왜 이렇게 실수투성일까? 엄마가 서운할 만하지.'

'이역만리 떨어진 곳에서, 그것도 온라인으로 주문한 건데 색이 어떤지, 스테인리스로 골라야 하는지 어떻게 안담. 돈도 없는 내가 엄마 것이라고 좋은 걸로 산 건데, 어쩌면 첫마디부터 이렇게 불평만 늘어놓으실까.'

죄책감과 섭섭한 마음이 오락가락한다. 노트를 꺼내 마음을 눌러 적으며 섭섭한 마음이 앞선다는 것을 깨달았다. 휴대폰을 다시 켜 덜덜 떨리는 손으로 엄마에게 문자를 보냈다.

"엄마, 불편하면 그냥 조용히 버려. 내가 엄마가 잘 쓰는지 볼 수도 없는데 사준 사람 민망하게 그래."

처음으로 부모님께 불편한 마음을 표현했다. 말하지 않으면 부모도 내 마음을 알 수 없다는 것을 받아들였다. 부모도 완벽한 사람이 아님을 인정하기 시작했다.

아는 언니는 육아서를 읽으며 엄마를 원망하게 되었다 했다. 크면서 엄마가 언니 눈을 지그시 바라보며 이야기를 들어주고 조언해 준 적이 없다는 걸 육아서를 통해 깨달았기 때문이다.

어느 날 언니는 엄마에게 이렇게 물었다.
"엄마, 내 눈 바라보고 내 얘기 들어준 적 있어?"
"왜 그걸 물어?"
"그냥, 기억이 안 나서."

"…… 네가 아이 키우는 걸 보고서야 내가 얼마나 무심한 엄마였는지 깨달았어. 그때로 돌아가면 다시는 그렇게 키우지 않을 거 같아."

언니의 이야기를 듣고 이번엔 내가 물었다.

"언니, 대답 듣고 나니 어때? 마음이 풀려?"

"가슴속 체기 같은 게 쑤욱 내려가. 그 시절 엄마가 아직도 원망스럽지만 이해 안 되는 건 아니야."

우리는 그냥 그렇게 살아가는 거다. 서로가 완벽하지 않음을 인정하면서, 그런 모습도 사랑하면서. 그런 인간미 넘치는 살갗 냄새에 끌리며 사는 거다.

새장에서 마음 쓰는 나

2020년, 새장 속에 갇힌 우리

새로운 한 해는 무조건 폼나고 멋져야 한다며 맞이한 해가 바로 2020년이다. 이제 떠돌이 생활을 정리하고 어디든 마음잡고 정착해야 한다고 생각했다. 연고 없는 내가 처음 할 수 있는 일은 나와 내 껌딱지, 막내 아이를 받아주는 곳을 찾는 것이었다. 도서관에서 진행하는 무료 영어교육 프로그램이나 문화센터 유아체육 프로그램도 참가해 보고, 놀이터에서 친구도 사귀며 한 발 한 발 이곳 커뮤니티에 발을 들이기 시작했다. 영어가 짧아 맘 상하던 일이 잦던 큰 아이도 이제 친구다운 친구가 생겼다며 행복해했다. 이렇게 우리 가족도 자리 잡는구나 안도하기 시작했다.

하필 그때였다. 중국발 바이러스 소식을 시작으로 동양인 혐오 및

테러 소식이 연이어 들렸다. 옆 동네 한인 교포 할머니와 손녀가 아시아인이라는 이유로 바이러스를 옮겼다고 의심받아 총으로 위협당하는 일이 일어나기도 했다. 예고 없던 갖가지 위협으로 삶의 영역은 다시 줄어들기 시작했다. 우리 가족의 삶도 위협받을 수 있다는 두려움이 엄습할 때마다 나는 글을 적었다. 핸드폰을 들고 다니듯 노트와 펜을 휴대했다. 사람들을 피해 잠시 햇볕을 쬐러 나갈 때도, 아이가 큰일 보는 동안 욕조에 걸터앉아서도 나는 노트를 폈다. 두렵다고 적다가도 이 상황에 대해 짜증도 내고, 결국은 적어도 아는 지인들만큼은 큰 피해가 없다는 사실을 안도하며 마무리했다.

3월 4일

큰 아이를 데리러 학교에 가는 길, 운동장을 지나는데 고학년으로 보이는 아이들이 놀고 있다. 아이들이 둘째에게 관심을 둔다. 주변에 하나둘 아이들이 모여드는데 한 아이가 묻는다.

"너 중국인이야? 너도 중국 바이러스 알아?"

도대체 무슨 대답을 원하는 걸까? 힘주어 중국인이 아니라고 답한 뒤 황급히 자리를 피한다. 그저 그 바이러스가 무엇인지 궁금했을지도 모른다. 하지만 우리 아이가 마치 그 바이러스와 관계가 있는 것처럼 오해당하는 일이 생길까 싶어 두려워졌다.

3월 9일

드디어 구했다, 휴지! 세 곳에서 허탕 친 후에야 겨우 구했다. 지나가는 카트에도 모두 휴지가 실려 있다. 사람들은 모두 예민해져 발걸음을 서두른다. 주차장을 나오는데 카트 하나가 길을 가로막는다. 깜짝 놀라 차를 세웠다. 카트를 끌던 사람이 가운뎃손가락을 내밀며 욕을 한다. 일단 사과하고 주변을 살피니 아수라장이 따로 없다. 주차장은 정신없이 물건을 구해 나서는 사람들과 뒤늦게 마트에 들어서는 차들이 뒤섞여 전쟁 난 듯 난장판이었다.

3월 17일

다음 주에 보자고 손 흔들고 나왔는데 별안간 아이 학교가 폐쇄되었다. 이러다 말겠지 싶어 여유로운 아침을 즐기는데 문 여는 소리가 들린다. 남편도 쫓기듯 퇴근한 것이다. 그게 마지막이었다. 아무 준비 없이, 예고 없이 좁은 집에 온 가족이 모였다. 아이 공부방을 만들고 매장에 하나 남은 모니터를 겨우 구해 부엌 앞 남편 사무실을 차렸다. 부엌에서 요리하는 내 모습이 화상회의 배경 화면이 돼버렸다.

5월 31일

(코비드 19와 함께 미국 2020년을 대표하는 사건이 Black Lives Matter 흑인 인권 운동이다. 흑인 인구가 제법 많은 우리 지역에서도 이 운동과 관련된 시위가 끊이지 않았다. 이날은 도심에서 시작된 대

규모 시위가 우리 동네 5km 반경까지 진입하였다.)

밤늦게까지 계속해서 라이브 뉴스에 집중한다. 집 인근 남편 회사가 창문이 산산이 부서진 모습으로 전파를 탄다. 아이가 다니던 유치원 옆 쇼핑몰은 무법자들에게 털리기 시작했고, 시내 모든 신호등은 멈추었다. 차들은 바리케이드 사이에 갇혀 옴짝달싹하지 못하고 행인들은 도망가느라 바쁜 모습이다.

문을 잘 잠갔는지 다시 한번 확인한다. 억지로 침대에 누웠지만 잠이 오지 않는다. 아이들을 하나씩 옆에 끼고 꼭 안으며 이마에 키스한다. 폭력이 이 아이들에게만큼은 향하지 않기를 바라며.

6월 15일

여유도 부려본 사람이 부린다고 남아도는 시간을 어떻게 보내야 할지 몰라 우왕좌왕이다. 새장 속에 갇힌 새 마냥 바깥 구경을 하는 것이 습관이 되었다. 주차장에 일광욕 의자를 펴고 선탠하는 사람, 자동차 트렁크에 걸터앉아 담소를 나누는 커플을 보고 용기 내어 집 밖으로 향한다. 집 앞 둔치에 돗자리를 깔고 기분 낼 겸 작은 텐트도 같이 펴주니 아이들이 신이 났다. 집이 코앞이니 저대로 이것저것 들고나와 알아서 잘 논다. 밖에서는 다 똑같아 보이는 아파트인데도 우리 집만큼은 특별한 듯 멋지게 그려보는 큰 아이와 평소라면 모르고 지나쳤을 새 둥지를 찾아낸 둘째는 심심할 틈이 없다.

6월 31일

주먹밥 하나 챙겨 한적한 공원에 나왔다. 나뭇가지로 뗏목을 만들고 토끼풀꽃으로는 화관을 만든다. 그러다가 좁은 돗자리 위에 가로세로 대각선으로 셋이 누워 낄낄댄다. 처음이다. 다음 스케줄 걱정 없이 마음껏 공원에서 유유자적 시간 보내보는 건 어릴 적 이후 처음이다.

그래, 처음이구나! 앞으로도 다시 없을 시간이구나! 항상 쫓기듯이 살아온 나에게는 재촉할 필요가 없다는 것이 신선한 충격이었다. 당장 석 달 전만 해도 종일 바빴다. 첫째 아이를 학교 보내곤 둘째와 놀이학교에 갔다. 둘째 점심을 먹이고 나면 큰 아이를 데리러 학교에 간다. 간식 먹이고, 함께 숙제하다 보면 둘째는 칭얼대다 잠이 든다. 잠든 아이를 카시트에 태워 첫째를 태권도장에 내려 주고 그사이 겨우 장을 봐서 집에 돌아오면 이미 깜깜한 저녁이었다. 여유롭게 살고 싶다고 온 미국 땅에서도 나는 시간에 쫓기며 아이들에게 '빨리, 빨리!'를 외치고 있었다. 코비드 19가 발발하자 그 모든 활동이 마법처럼 정지되었다. 하릴없는 시간이 껑충 내게 와서 안길 때, 부담도 함께 안았다. 갑자기 주어진 여유가 나를 더 초조하게 만들었다. 그러나 서두르지 않으니 그동안 보지 못했던 것들이 보였다. 주변에 풀과 나무가 어떻게 움직이고 변해 가는지 보면서 감탄하고 감격했다. 아이가 산책길에 쭈그려 앉아 줄지어 가는 개미를 구경해도 빨리 가자며 책망하지 않아도 되었다. 가려던 곳에 도달하지 않더라도 가는 길에 충분히 즐겼다면 그걸로 만족했다. 밥을 천천히 먹는 아이에게 심한 말을 하며 재촉할 이유도 없어졌다. 아이를 믿으며 기다려준다는 것이 무엇인지 체득한 것이다. 강제로 여유가 생기지 않았다면 깨닫지 못했을 일이었다.

팬데믹을 겪어 다행이다

새장 속 생활 같던 팬데믹 기간을 겪으며 우리 가족이 내린 결론이다. 팬데믹을 지금 겪어 참 다행이다 싶었다. 결혼하고 3년은 아이를 친정에 두고 따로 살았다. 또 그다음 2년은 남편을 미국에 보내고 역기러기로 살았다. 이렇게 네 가족이 제대로 다시 모여 지낸 지 겨우 3개월 차였다. 각자의 영역을 유지하며 살던 우리가 좁은 공간에서 24시간을 함께 지내려니 부딪힐 일이 많아졌다. 갈등이 늘고 더 자주 싸울 거라 우려했다. 실제로 우리는 모두 긴장하고 예민해 있었다. 예기치 못한 바이러스의 창궐, 예상을 뛰어넘는 전염 속도 그리고 치료법도, 백신도 없다는 '무지'의 상황이 극한의 두려움을 가져왔다. 그럴 때마다 나는 마음글쓰기를 했다. 갈겨 적다 보면 팔이 다 아플 지경이다. 예기치 못한 상황에 대한 좌절과 사회에 대한 탄식, 매일 붙어 지내면서 늘어난 남편에 대한 불만, 기대만큼 따라주지 못하는 아이들에 대한 실망 등 떠오르는 모든 것들을 노트에 쏟아 부었다. 진이 빠질 때쯤 되면 신기하게도 맘이 편해진다. 내가 직접 바꿀 수 없는 것들에 대해 너무 맘을 쓰고 있다는 것을 깨닫는다. 팬데믹 상황을 바꾸기 위해 지금 내가 할 수 있는 일은 없다는 걸 깨달으니 오히려 맘이 편해진다. 당장 내가 할 수 있는 일들에 집중할 수 있게 되었다. 두려움으로 예민해진 마음이 풀리니 남편과 아이들에게도 너그러워졌다. 내가 여유로워지니 우리 가족 모두가 편안해했다. 확진자 현황이나 예방법을 찾느라 핸드폰을 뒤적이며 초조해하던 내가 이제는 아이들과 집 안에서 할 수 있는 놀이 팁을 찾는다. 남는 시간에 남편과 더 많은 이야기를 나눈 덕에 서로를 더욱 이해하고 신뢰할 수 있게 되었다.

팬데믹 시기를 겪지 않았다면 어땠을까 생각해 본다. 가족 모두 각자 자기 삶에만 치중한 나머지 고충을 떠넘기고 불평하며 살지 않았을까 싶다. 또 이 시기를 그저 잃어버린 시간으로만 생각한다면 그 이후엔 공백을 메우겠다고 초조해하며 살게 될 것이다. 새로운 정착을 시작하는 시기에 팬데믹을 겪어 우리 가족은 한층 성숙하고 돈독해질 수 있었다. 남편은 내게 팬데믹 동안 가족의 근간을 세워줘 고맙다고 했다. 그러나 나는 그 공을 마음글쓰기에 돌리고 싶다. 마음글쓰기를 하며 근본에 집중할 수 있었기에 나와 우리 가족은 이 불안정한 시기에도 평정을 유지할 수 있었다.

에너지 효율 한 단계 높이기

결혼 전 내게 요구된 역할은 단순했다. 주로 직장에서 맡은 소임에만 몰두하면 되었다. 결혼하고 나니 내게 주어지는 견장이 꽤 많아졌다. 아내로서 해야 할 역할, 부모로서 해야 할 역할은 기본이고, 그새 연세가 지긋해지신 부모님의 잔심부름도 해야 하고, 챙겨야 할 시댁 경조사도 생각보다 빨리 돌아왔다. 각종 공과금이나 아이 교육비를 기한에 맞춰 내는 것만으로도 내겐 어색하고 버거웠다. 아이들을 키우면서 비교하고 따져야 할 것은 왜 이리 많은지, 다음 날 출근이 걱정되면서도 눈이 빨개지도록 인터넷을 뒤지는 일이 잦았다. 깔끔하게 일 처리 하는 멋진 커리어 우먼이 되는 게 꿈이었는데, 출근해서도 사사로운 집안일을 처리해야 할 때는 나쁜 짓을 하는 기분이었다. 유치원 선생님의 전화를 받으러 종종걸음으로 화장실로 뛰어가면서 뒤통수가 뜨거웠다. 점심시간에 잠시 민원 업무라도 보고 오면 땀으로 흠뻑 젖어 까치발로 자리로 돌아가야 했다. 나름 고군분투해도 아이들 숙제나 준비물을 빼먹는 일은 부지기수다. 그럴 땐 내 머리를 콕 쥐어박는다. 나 때문에 아이들이 피해를 보는 거 같아 속이 상한다.

일만 그만두면 모든 게 나아질 줄 알았다. 아이러니하게 퇴사 후에도 똑같이 허둥댔고, 똑같이 피곤했다. 회사 일이 없으니 멋진 엄마로 완벽하게 변신할 줄 알았다. 아이들과 부지런히 체험하고, 공부하며 지낼 줄 알았다. 영양가 가득한 식사를 매 끼니 차려줄 수 있으리라 생각했다. 그러나 아이들은 더 많이, 더 오래 방치되었고, 딱히 나아지는 게 없어 보였다. 하는 일은 줄었는데, 에너지는 매번 '엥꼬'에서 벗어나지 못했다.

시간 관리 앱도 사용해 보고, 미라클 모닝을 인증하는 프로젝트에도 참여해 보았다. 시간 관리와 자기 계발 관련 강의도 들어보았다. 그러나 일주일이면 제자리다. 실패한 나 자신에게 욕을 퍼붓느라 생활은 더욱 방탕해졌다. 이렇게 된 이상 오늘 하루 신나게 즐기고 내일부터 잘해야지 하며 밤새 동영상 시청이다. 잠을 제대로 자지 않아 에너지가 부족하니 무엇 하나 손에 잡히지 않는다. 하루를 그렇게 흘려보내는 나를 추궁하고 실패 이유를 찾아보느라 머릿속은 정신없이 바쁘다. 그렇게 며칠을 소진하고 나면 나에게 '실패자'라는 딱지를 붙인다.

과거의 포기한 것까지 끄집어내 곱씹어 보며 대체 어디서부터 잘 못되었는지 돌아보느라 또 하루를 흘려보냈다. 실패가 두려워 새로 무언가를 시작할 용기도 나지 않았다. 며칠 못가 포기할 거 뭐 하러 시작하나 싶어 작은 도전도 꺼렸다. 부정적인 생각이 꼬리를 물고 머릿속을 침범해 나갔다. 작은 좌절 하나가 암세포처럼 기하급수적으로 늘어 내 마음을 잠식해 나갔다. 마음이 힘드니 몸도 금세 피곤해지면서 일상이 엉망이 되어갔다.

'생각이 많다'라는 건 내겐 독이었다. 머릿속으로 곱씹느라 에너지를 낭비하면서 원래 하던 일도 잘 해내지 못하게 되었다. 아이들은 점점 방치되었다. 아이들에게 나는 낮엔 소파에 누워있고, 밤엔 먼저 침실에 들어가는 그런 엄마가 돼버렸다. 아이들의 말에도 집중하지 않고 내 생각에만 갇혀있다가 보니, 나를 부르는 아이들의 목소리는 커져갔다. 건성으로 한 대답을 기가 막히게 알아맞히고 "엄마, 지금 내 얘기 못 들었지?"하고 되묻는다.

변화의 시작은 마음글쓰기였다. 무거운 마음을 조금씩 글로 옮겨보았다. 처음엔 쉽지 않았다. 겉으로 드러나는 모습만큼은 완벽하길 강요하는 내 성격이 글을 쓸 때도 드러났다. 부족하고 상처받은 모습을 노트에 적을 수 없었다. '이런 것도 써도 되나?'하는 평가를 버리는 데 오랜 시간이 걸렸다. 드디어 판단 없이 내가 느끼는 바를 솔직히 적게 되었을 때 희열을 느꼈다. 친한 친구와의 대화에서도 풀어놓지 못했던 이야기들을 풀어 적으니 내 속에 잔뜩 엉킨 실타래가 하나씩 풀리는 기분이었다.

다음은 팬데믹 기간 중 그동안 마음글쓰기를 돌아보며 적었던 글이다.

O월 O일

어찌 보면 불안해야 할 요즘이 행복한 건 하루하루 내 감정을 정리했기 때문이다. 기분이 안 좋은 일이 생기면 한없이 거기에 빠져 헤어나오지 못하곤 했는데, 그러지 않게 되어 좋다. 감정 소모가 줄어드니 하루하루가 즐겁다.

노트는 소모품이다. 마음 에너지 또한 소모품이다. 한 가지 일에 많은 마음 에너지를 소모하면 다른 곳에 써야 할 에너지가 부족해진다. 시간 관리만큼이나 마음 에너지 관리가 필요한 이유이다. 생각해 보니 나는 마음 상한 일에 너무 많은 에너지를 소모하고 있었다. 어떻게 해결할지에 집중한 것도 아니다. 그저 상처받은 마음에만 치우쳐 안 좋은 감정을 반복 재생하고 있었다. 거기다 비슷한 사건을 불러 모아 곱씹으며 나 자신을 더욱 형편없는 사람으로 만들어 갔다. 상처를 자꾸 후벼 파 곪게 했다.

계속해서 나를 괴롭히던 감정을 노트에 쏟아내면 되돌이표로 연주되던 자기 비하를 멈출 수 있었다. 그제야 바닥을 보이던 마음 에너지가 차오르기 시작했다. 막상 노트에 뱉어내고 나니 별거 아닌 것을 붙들고 에너지를 낭비하고 있었다는 걸 깨달았다. 또한 나는 자기 계발서나 미디어에 나오는 위인들처럼 에너지가 많은 사람이 아니라는 것을 인정했다. 남들보다 에너지가 적다면 최대한 효율적으로 사용하고자 마음먹었다. 쓸데없는 일에 감정 소모하지 않기로 다짐했다.

이제 '마음 상함' 경보가 울리면 당장 노트부터 꺼낸다. 기승전결 구조 따위는 필요 없다. 생각나는 걸 그대로 표출한다. 손으로 적고, 적는 걸 눈으로 보며 내 감정을 관찰한다. 감정에 에너지를 집중시키느라 작동하지 못했던 이성이 이제야 스위치를 켤 수 있게 된다. 직관적인 판단에만 휩싸이던 나도 '내가 너무 흥분했구나.' 또는 '아직 일어나지 않은 일을 미리 걱정했구나.'하는 결론에 도달한다. 이러한 사고 과정이 반복되면서 내가 중시하는 가치관이 무엇인지 인지하고 이에 따라 문제를 해결해 간다. 노트를 쓸 상황이 아닐 때 '마음 상함'이 찾아와도 마음글쓰기를 하듯 내 마음을 관찰하는 습관도 갖게 되었다.

상한 마음에 낭비되는 에너지를 줄여가니 마음 에너지 효율이 한

등급 올라갔다. 효율이 높아지니 여유가 생겼다. 내 속에 갇혀 소진하던 에너지를 타인에게 사용할 여유가 생기니 다른 사람들과 사이도 좋아졌다. 이제 갈등을 피하지 않고 나 자신이 흔들릴 수 있음을 인정해 주는 너그러움이 생겼다. 그렇게 에너지는 적지만 효율 등급 높은 나를 사랑하게 되었다.

제4장

잘난 아이로 키우기 위한 마음읽기

군 출신 부모의 군대식 육아 모토 - 생!존!력!

엄마 우리 또 전학 갈 거잖아

세 살 생일날, 아이는 말 한마디 안 통하는 미국 어린이집에 던져
졌다. 그곳에서 종일 울었다. 눈물을 하도 닦아 눈 밑에 생채기가 생
길 지경이었다. 그 뒤 일 년을 꼬박 어린이집 가기를 거부했다. 집에
오기 싫을 만큼 어린이집이 좋아지자 다시 한국으로 가야 했다. 또
몇 년 뒤, 미국으로 돌아온 유치원생 아이는 오자마자 초등학교 1학
년으로 배정받았다. 늦은 생일을 핑계로 한 해 늦게 학교를 보내고
싶었으나 거절당했다. 등교 첫날, 아이보다 내가 더 주눅 들었다. 커
다란 식당에 전교생이 앉아 교실 입장 시간을 기다리는데, 숨이 막히
고 심장이 터질 것 같았다. 아이를 잡은 손에 힘이 들어갔다. 그러나
아이는 제 자리를 찾자마자 내 손을 뿌리치고 성큼성큼 가버렸다.

하교 시간에 남들보다 일찍 교문 앞에 도착해 아이를 기다렸다. A, B, C조차 잊어버린 아이다. 그런 아이가 학교에서 얼마나 답답할까 싶어 집에 가만히 앉아 있을 수 없었다. 그런데 아이가 나오지 않는다. 무슨 일이라도 생겼나 싶어 또다시 가슴이 쿵쾅거린다.

느지막이 나온 아이는 이빨을 드러내며 웃었다. 엄마가 데리러 왔다는 방송조차 못 알아들어 늦게 나왔다는 아이는 그러거나 말거나 상관없이 또래와 함께해서 즐거웠다고 말한다. 3년 전 새로운 환경에서 종일 울던 아이는 이젠 없었다. 아이가 그때와 같을 거라는 건 착각이었다. 아이는 이미 몸도 마음도 훌쩍 자라 있었다. 이제 변화를 즐긴다. 한두 학기만 다니면 으레 학교를 옮길 거로 생각하는 부작용은 있지만 말이다.

똑깍 똑깍 군화 속 구두 소리

나는 이십 대를 군에서 보냈다. 내 첫 복무지는 신병교육대이다. 군에 막 입대한 신병들에게 기초적인 군사훈련과 병영생활을 가르친다. 주요 훈련은 주로 부대 외부에서 이루어진다. 사격, 수류탄, 화생방 그리고 행군 등 부대 정문을 나서 일반 도로나 농로를 지나 훈련장으로 이동한다. 이럴 때면 어떻게 아셨는지 부모님 몇 분이 부대 정문 앞에서 기다리고 계신다. 아름다운 사연도 많다. 이미 아이 아빠가 된 신병의 아버님은 묵직한 백일 떡 한 상자 위에 아이 백일 사진 한 장만 올려두시고 황급히 자리를 뜨신다.

가끔은 큰소리로 이름을 부르며 자식을 찾기도 한다. 다 같은 빡빡머리에 10명 중 7명은 뿔테안경을 쓰고 있으니 20여 년을 키운 내 아들이라도 찾기 어려운 건 당연하다. 똑깍 똑깍 구두 소리를 내며 행렬에 참여하시는 분도 계시다. 아이가 지병이 있어 따로 얘기좀 하고 들여보내고 싶다거나, 입술이 잘 트니 립밤을 직접 전달해주어야겠다고 요구하시는 분도 계시다. 그럴 때면 여간 당혹스러운 게 아니다. 부대 앞 인도가 넓은 것도 아니니 안전 문제도 걱정이고, 이백 명이 훌쩍 넘는 인원 가운데 한 명을 따로 관리할 만큼 간부들의 숫자도 많지 않으니 말이다. 무엇보다 가족을 보고 싶은 마음을 누르고 병영생활에 적응하려 노력하는 다른 신병들의 맘이 흔들릴까 노심초사한다.

부모에게 아이는 그런 존재이다. 이미 성인이 되어도 물가에 내놓은 것처럼 항상 걱정된다. 아이의 우산이 되어 세상의 모든 고난 풍파를 막아주고 싶다. 하지만 24시간 항상 아이 옆에서 모든 문제를 해결해 줄 수 없다. 또 아이에게 큰 파도와 같은 시련이 밀려오고 있다는 걸 알아도 내 한 몸으로 막는 것은 한계가 있다. 시련은 하얀 파도 거품처럼 내 손가락 사이를 빠져나가 결국 아이에게 다다를 것이다. 어차피 이 모든 것을 막아줄 수 없다면 아이가 시련을 의연하게 극복할 수 있도록 훈련시켜주는 것이 인생 교관으로서의 나의 역할이다. 부모로서 넘어진 아이를 일으켜주고 싶은 마음은 굴뚝같다. 코비드 19로 인해 학교에 못 가고 멍때리는 아이에게 뭐라도 손에 쥐여주고 싶은 법이다. 최대한 스트레스 덜 받도록 전학도 안 가고 아이 중심으로 사는 게 사실 맘 편하다. 그러나 내 맘 편해지자고 아이가 세상을 배울 수 있는 기회를 차단할 수는 없다. 심심해 봐야 머리굴려 놀잇감을 만들고, 혼자 일어서 봐야 앞으로 나가는 힘도 키워지는 것이다. 아이가 상처받는 것을 미리 막아주지 말자. 상처도 나 봐야 마음 아픈 일이 생길 수도 있다는 것을 받아들일 수 있다. 마음 아파봐야 치유하는 방법도 터득한다. 우리 아이가 인생의 파도 앞에서 멋진 미소를 날리며 돌진하길 바란다. 파도를 즐기는 서퍼처럼 인생의 어려움도 즐길 줄 아는 사람이 되길 바란다.

아이와 함께하는 마음읽기

좋은 것이 생기면 아이 먼저 주고 싶은 마음 때문일까. 글쓰기를 하면서 얻게 된 마음의 평화를 아이와 함께하고 싶다는 욕심이 생겼다. 무엇보다 당장 아이가 맞닥뜨려야 하는 상황이 걱정이었다. 당시 아이 학교에는 동양인이 매우 적었고 아이의 어눌한 영어 실력도 문제였다. 차별이나 놀림을 겪게 되더라도 의연하게 대처하는 힘을 키워주고 싶었다. 그래서 시작하게 된 것이 '마음읽기'이다. 마음글쓰기가 글로써 마음과 감정을 살펴보는 것이라면, 마음읽기는 말로써 내 마음을 표현해 보는 것이다. 아이가 상처받을 만한 일이 생겨도 그 불편한 마음을 인지하고 그 감정들을 스스로 정돈하여 표현할 수 있게 되길 바랐다. 스스로 마음을 다스릴 수 있도록 매일 마음을 바라보고 표현하는 연습을 해 보고 있다.

마음읽기는 마음글쓰기와 같은 목표를 가지고 있지만 접근 방법은 아이들 눈높이에 맞춘다. 잠자리에 누워 그날 하루를 돌아보고 두 가지 질문을 던진다. 활력을 주었던 일과 결핍을 느끼게 한 일을 살펴보기 위한 질문은 아이들이 이해하기 쉬운 문장으로 제시한다. 나는 좋았던 일과 안 좋았던 일이 무엇인지 묻고 구체적인 감정표현을 보태어 답할 수 있도록 유도하였다. 부모는 아이의 감정에 공감해주며 아이들이 마음을 열고 건강하게 자기 자신을 표출할 수 있도록 도와준다.

이건 어떤 마음일까?

아이들도 나름 수많은 갈등 상황에 놓이고 감정의 소용돌이를 맞닥뜨린다. 미성숙한 아동들은 그 몰아치는 느낌들이 구체적으로 어떤 감정인지 인지하기 어렵다. 부모 또한 아이의 마음을 완전히 알아채기는 어렵다. 이 때문에 정의하지 못했던 감정들을 충분히 받아들이고 어루만져 줄 시간을 가지는 것이 필요하다. 마음읽기 시간에는 충분히 받아들여지지 못했던 감정들을 다시금 꺼내어 들여다본다. 어떤 일이 아이 자신에게 긍정적인 감정을 불러일으켰고, 그 감정이 '기쁨'인지, '성취감'인지, 또는 '감동'인지 구체적으로 알아갈 시간을 부여한다. 어릴 적 좋아하던 아이를 일부러 더 골탕 먹이는 장면을 떠올려 보자. 관심을 괴롭히는 것으로 표현하여 오히려 상대방의 기분을 상하게 한다. 자꾸 관심이 가는 마음이 호감인 줄 모르기도 하고, 그 마음을 어떻게 표현해야 하는지 모르기 때문이다. 마음읽기는 스스로 또는 부모의 도움으로 마음속에 우러나오는 그 느낌이 무엇인지 깨닫는 것이 목적이다. 배를 간질간질하게 하고 몸을 꼬이게 하는 그런 감정이 사실 나쁜 것이 아니라 '기대감' 또는 '성취감'과 같은 긍정적인 감정임을 인지할 수 있는 시간이 된다.

마음의 코어 힘 단련하기

평생 한국에서만 살던 내가 갑자기 이역만리 떨어진 미국에서도 살게 되는데, 우리 아이들이 살아야 하는 시대는 더 다이내믹하지 않을까. 직업만 해도 그렇다. '평생 직업'이라는 말은 사라진 지 오래다. 2019년 취업 컨설팅업체, '사람인' 조사에 의하면 미국을 이끌어가는 유명 IT 회사의 평균 근속 년수는 3년에 불과하다고 한다. 한국 또한 신입사원 3명 중 1명은 1년 이내에 직장을 옮기고 있다. 이직이나 이사는 이제는 필수 불가결한 요소이다.

세상은 변하고 있고 그 속도 또한 빨라지고 있다. 이전까지는 선형적 속도로 변화해 왔다면 지금은 기하급수적인 속도로 모든 것이 변하고 있다. 아이들을 변화에 적응시키려는 다양한 시도 또한 생겨나는 것이 사실이다. 전단지에는 코딩, 게임 프로그래밍, 유튜버 되는 법, 틱톡 영상 찍는 법과 같이 전에 없던 교육 프로그램이 넘쳐난다. 그러나 하나를 배우다 보면 또 다른 프로그램이 생겨나는 게 요즘 세상이다. 유튜브가 틱톡에게 자리를 내어 주었다는 말을 들은 게 불과 1~2년 전인데, 이러한 소셜 네트워크 시대마저도 과거라며 메타버스 시대에 탑승해야 한다고 손짓한다. 변화의 물결에 편승할라치면 어느새 또 다른 새 물결이 넘실거린다. 이러한 빠른 변화 속에서 내가 아이에게 해 줄 수 있는 일은 평정심을 갖게 하는 것이라 맘먹었다. 변화의 폭풍 속에서 두 다리를 지탱할 본인만의 가치관을 찾게 하는 것이다. 가치관은 부모가 강요할 수 있는 것은 아니다. 어떤 상황에서도 자신을 굳건히 지킬 힘, 그 코어가 무엇일지 직접 깨달을 수 있는 환경과 시간을 마련해 주는 것이 필요하다.

'긴급한 일 중에 중요한 일은 없고, 중요한 일 중에는 긴급한 일이 없다'라고 아이젠하워가 말했다. 변화를 따라가는 것이 '긴급한 일'이라면, 아이가 마음에 귀 기울이고 이를 통해 자신만의 가치를 정립해 나가는 것이 아이 인생에서 '중요한 일'이라고 생각한다. 마음읽기는 이 중요한 일을 위한 나만의 조기교육이다. 이 시간을 통해 아이가 자신을 돌아보고 스스로 가치관을 세워나갈 수 있도록 꾸준히 함께할 것이다.

[TIP] 하루 15분 마음읽기 방법

자신의 느낌을 명확하게 인식하고 표현할 수 있도록 하는 것이 마음읽기의 목표이다. 정서가 안정되고 원하는 바를 건강하게 표현하는 마음 튼튼한 아이가 되길 희망하며 가능하면 매일 마음읽기를 하고 있다. 먼저 잠자리에 누워 그날 느꼈던 일을 떠올려보게 했다. 자신에게 충만함을 주는 일과 결핍을 주는 상황들이 어떤 때인지 인지할 수 있도록 질문과 공감을 통해 돕는다.

STEP 1. 마음읽기 환경 조성

편안하고 안정된 환경을 조성한다. 각성되지 않고 비교적 일정한 바이오리듬을 보이는 자기 전이 좋겠다. 조용한 음악을 틀고 크게 심호흡하며 심신을 안정시킨다. 어린이를 위한 짧은 마음 챙김 또는 호흡명상 동영상과 함께 시작하는 것도 좋다.

STEP 2. 하루 돌아보기

짧게 하루를 돌아볼 수 있는 시간을 준다. 초보 단계이거나 유아기 아동을 대상으로 할 때는 스스로 하루를 회상하기 어려울 수 있다. 부모가 도움을 주는 방법은 두 가지다.

먼저 아이에게 특별한 감정을 불러왔을 만한 일을 묘사해주는 방법이다.

"오늘 동글이가 유치원에 제일 먼저 도착했지. 친구 방글이가 오기만을 기다렸는데, 방글이는 같은 유치원 버스를 타는 밍글이랑 둘이서만 속닥거리며 놀고 있네."

유치원 선생님께 미리 들은 일을 아이에게 묘사해준다. 아이는 그 당시의 속상한 마음을 떠올리며 "방글이랑 안 놀 거야.", "방글이는 나쁜 아이야."라며 때로는 격하고 부정적인 표현을 거침없이 내뱉기도 한다. 부모로서 아이의 그러한 행동을 고치고 싶은 마음이 앞서겠지만 당장은 잘못을 정정하지 않는 것이 좋다. 대신 그러한 말속에 들어있는 아이의 감정을 읽어주도록 한다.

"동글이는 방글이만 기다렸는데 방글이가 놀아주지 않아 속상했구나."

아이는 이러한 부모의 공감을 통해 자신이 당시 느꼈던 감정이 분노가 아니라 속상하고, 서운한 감정이었다는 것을 인지하게 된다. 부모 또한 아이가 유사한 일로 화를 표출한다면 그것이 관심과 사랑을 요구하는 어설픈 표현일 수도 있다는 것을 이번 기회로 알게 된다.

아이가 당장 부모의 묘사에 반응하지 않을 수 있다. "그때 어떤 마음이 들었어?"라고 물어도 대꾸도 하지 않고 묵묵부답이다. 이러한 침묵은 참 불편하다. 질문에 답하지 않는 모습이 버릇없어 보여 화가 나기도 한다. 어색한 기류를 없애려고 바로 말을 이어가다가는

"속상했지? 그래, 속상할 수 있지. 그렇다고 애를 때리면 되니? 그러니까 네가 친구가 없는 거야."라며 아이를 속단하고 상처를 줄 수 있다.

때로는 부모가 대답을 채근하는 것이 아이에게 부담이 될 수 있다. '왜 이 이야기를 꺼내는 거지? 내가 또 뭐 잘못 한 건가?' 싶어 동태를 살피느라 당장 대답할 여유를 갖지 못한다. 불편하고 부정적인 감정도 누구나 가질 수 있는 감정이고 이 또한 존중해야 할 소중한 마음임을 알도록 도와주는 것이 중요하다. 부모 본인도 그런 감정이 있다는 것을 인정하는 것이 도움이 된다.

"이 순간에 우리 동글이가 어떤 마음이었을지 엄마가 궁금해. 속상했을까, 질투 났을까, 슬펐을까."

"………"

"엄마는 나랑 제일 친하다고 생각하는 친구가 어느 날 다른 친구랑만 놀면 엄청 속상하더라고. 그래서 가끔은 엄마도 복수해 주고 싶다고 생각을 하기도 해. 물론 그렇게 행동하면 안 되지만."

다음으로는 하루를 시간 순서로 나열해 주는 방법이다. 처음에는 자세히 묘사해줘 본다.

"아침에 일어나 기지개를 켜고 애착 이불을 가지고 노는데 맛있는 냄새가 나네. 우리 동글이는 벌떡 일어나 엄마에게 달려왔지. 그 냄새의 주인공이 오븐에 굽고 있던 크루아상이라는 걸 알았거든." 식으로 아이 머릿속에 그 장면이 그려지게 묘사해 준다. 그러다 보면 당시 느꼈던 감정에 다가갈 수 있다. 아이들이 신이 나서 조잘거리기 시작하면 부모는 한마디만 건네주면 된다.

"우리 동글이가 푹 자고 일어나서 먹게 된 크루아상 덕에 행복한 아침을 맞이할 수 있었구나. 엄마가 다 기분 좋은걸. 우리 종종 크루아상 해 먹자."

너의 행복이 엄마의 행복이라는 것을 은연중에 표현하고, 앞으로도 행복한 순간을 맞이할 수 있다는 기대를 주는 한 마디이다.

하루를 나열해 주다 보면 아이가 말을 끊고 신나게 자기 이야기를 할 수도 있다. "어디서 엄마 말을 끊어, 버릇없이."라고 하기보다 아이에게 발언권을 넘겨주자. 마음읽기는 무엇보다도 아이의 자발적인 참여가 중요하므로 부모는 그 무대를 마련해 준다는 것에 중점을 두자.

STEP 3. 질문하기

9살, 5살 아이들과 함께하는 마음읽기에서는 간단하게 하루 중 '기분 좋았던 일'과 '기분 좋지 않았던 일'을 묻는다. 일상에서 충족 또는 결핍을 주는 일련의 사건들의 공통점을 찾아가면서 각자의 행복에 영향을 미치는 욕구를 찾아낼 수 있다.

특히 아이들이 직접 질문을 던지며 마음읽기를 주관하게 한다.

"오늘 가장 좋았던 일은 무엇인가요?"

본인과 상대방에게 질문을 던져 보면서 평소에도 앞에 펼쳐진 일이 내게 어떤 영향을 미치고 있는지 스스로 질문하고 답하는 습관이 생기도록 유도한다.

"엄마, 마음읽기 시간에 얘기하고 싶을 만큼 뿌듯한 일이 있었어."

"오늘 학교에서 정말 억울한 일이 있었어. 세 번 생각하고 세 번 호흡해도 억울해서 선생님께 말씀드렸어."

마음읽기가 생활화되면 일상 중에도 자신에게 영향을 끼치는 활동이 무엇이고 어떤 감정을 불러일으키는지 수시로 돌아볼 수 있게 된다.

아이들이 마음읽기를 주관하는 일은 리더십을 기르고 성취감을 북돋는 좋은 계기가 되기도 한다. 직접 가족 구성원을 모으고, 몸과 마음의 긴장을 내려놓도록 분위기를 조성하면서 가만히 있지 못하는 동생을 달래 보고, 뭐든 부정적인 오빠를 설득한다. 각자에게 맞는 질문을 던지고 공감해주면서 다수를 통제하고 동기 부여해보는 기회를 얻는다. 여기서 부모의 역할은 무엇일까? 마음 상태나 해결 방법을 아이에게 물으면서 스스로 감정을 표현하고 답을 찾아낼 수 있도록 유도 하는 것이다.

"그렇게 행동할 때 기분이 어땠어?"

"다음엔 어떻게 하면 좋겠어?"

"그때 동생은 어떤 기분이 들었을까?"

하루를 묻는 질문들에 익숙해지면 한 달, 한 계절, 일 년 단위로 범위를 넓혀가는 것도 좋다. 질문을 구체화 시키는 것도 방법이다. 자랑스러웠던 일, 충만했던 순간, 감사했던 일이나 부끄러웠던 순간, 힘을 빠지게 했던 말, 속상했던 일 등 부록1에 있는 '나행성 베스트 질문 목록'을 참고하자.

STEP 4. 경청하기

마음읽기에서 가장 중요한 규칙은 경청이다. 다른 사람의 이야기를 최대한 열심히 들어주기로 약속한다. 부모는 아이가 말로 정의하지 못하는 감정을 대신 표현해 주되 긍정적이든 부정적이든 있는 그대로 수용해 준다. 이를 통해 부모가 아이를 있는 그대로 사랑하고 신뢰하고 있다는 것을 느끼게 해주자.

초반에는 아이들이 입을 열었다는 것만으로도 충분하다. 앞뒤 없는 이야기일지라도, 질문과 상관없는 이야기 일지라도, 아이의 말을 끝까지 들어주자. 이 시간에 하는 이야기라면 뇌리에 깊이 박힐 만큼 아이에게 중요한 일이라는 것을 인정해 주자. "~해서 좋았어."라는 간략한 대답에 "우리 동글이가 ~해서 홀가분했구나."라고 감정을 세

분화해주거나, "아, 그랬구나.", "그래서 어떻게 됐어?"하며 추임새를 넣어주는 것은 좋다. 하지만 말을 끊고 아이들에게 훈수를 두는 훈육 시간으로 삼아서는 안 된다. 이 시간만큼은 아이들이 인정과 존중을 받고 있다고 느끼게 해주자. 인정해 준다는 것을 아이의 잘못된 행동을 고쳐주지 않는 것으로 오해하는 경우가 있다. "그런 일이 있었으면 정말 화났겠다."라고 아이의 마음을 수용해 주는 것이지 아이의 방법이 옳았다고 동의하는 것은 아니다. 그저 아이의 감정과 마음 상태를 그대로 읽어주는 것이다. 힘들어할 때 해법을 알려주는 것보다 그저 "매우 슬펐겠구나." 하며 끄덕여 주는 것이 훨씬 힘이 될 수 있다. 보완해야 할 것이 있다면 "다음엔 어떻게 하면 좋을까?"라고 물어 아이가 스스로 해결방안을 찾을 수 있게 도와주면 된다.

마음을 표현하는 것도 중요하지만 경청하는 습관을 기를 수 있는 좋은 기회이다. 어른부터 아이까지 바쁜 요즘 생활이 조용히 다른 사람의 말에 귀 기울일 기회를 감소시키고 있다. 생활 소음들과 끊임없이 재생되는 TV나 흘려듣기용 영어교재 소리 사이에서 아이도, 어른도 정적이 불편하다. 하루 단 15분이라도 그러한 외부 소음들에서 벗어나 가장 사랑하는 사람들의 목소리에 귀 기울일 수 있는 시간을 갖자. 경청하는 경험이 상대방을 배려하고 존중하는 멋진 사회인으로 성장할 수 있는 초석이 되어줄 것이다.

마지막으로 부모의 이야기도 들려주자. 내 목소리와 마음을 아이들에게 들려줄 수 있는 좋은 기회이다. 부모도 좋아하는 일이 있고 속상한 일도 있음을 알려주자. 아이들이 부모를 이해하고 오해를 풀 수 있는 좋은 시간이 될 것이다. 또한 부모의 적극적인 참여가 꽤 진지한 활동에 참여하고 있다는 자부심을 심어줄 것이다.

아이들의 솔직한 마음

요새 엄마들의 교과서가 되는 한 육아 방송프로그램에는 아이들의 속마음을 알아보는 코너가 있다. 이 코너에는 아이들에게 질문을 던지는 코끼리 모양 스피커가 등장한다. 스피커에서 나오는 목소리도 동년배 아이의 목소리이다. 아이들은 질문에 깜짝 놀랄 만큼 솔직하고 속 깊은 대답을 한다. 부모들은 평소에도 아이와 대화를 많이 하는데 저런 말은 한 번도 하지 않았다며 놀라워한다. 그렇다면 무엇이 아이들의 속 깊은 답을 끌어내는 것일까? 우리가 평소에 하는 질문과 무슨 차이가 있을까?

아이가 학교에 다녀오면 "학교에서 어땠어? '무슨 일' 없었어?"라고 질문을 던지곤 한다. 아이들이 내 품에서 떨어져 있던 동안 선생님, 교우들과 잘 지냈을지 불안하기 때문이다. 아이들은 답한다.
"친구들이 내가 고무줄로 별 만드는 거 보고 감탄하고 부러워했어.”

"너 어제도 학원 숙제 안 하고 고무줄 가지고 놀더니, 학교까지 가져갔어? 대체 뭐 되려고 이래? 고무줄 이리 내. 압수야."

아이에게는 친구들 앞에서 우쭐할 수 있었던 '중요한' 순간인데 엄마에게 말하니 도리어 혼만 났다. 혹은 안 좋았던 일을 털어놓기도 한다. 친구와 달리기 시합에서 져서 속상하다고 얘기하자, 엄마는 "그러니까 과자 좀 그만 먹고 살 좀 빼자니까. 엄마 말 안 듣고 마구 먹어대니 몸이 무거워서 그렇지." 하며 성을 낸다. 진 것도 속상한데 엄마에게 잔소리까지 들으니 아이는 풀이 죽는다. 이런 일들이 몇 번 반복되다 보면 엄마의 질문에 답하기가 부담스럽다. 무슨 대답을 하든 혼날 게 뻔해 입을 닫게 될 수도 있다.

하루는 아이가 "엄마, 엄마! 그거 알아?"하고 말을 걸어온다. 새로 알게 된 흥미로운 사실을 나에게도 알려주고 싶은 거다. 그러나 나는 핸드폰으로 인터넷 쇼핑 중이다. 선착순으로 구매할 수 있는 세일 제품이라 속도가 생명이다. 핸드폰에서 눈을 떼지 못하고 "응, 응. 알지."라고 건성으로 대답한다. 아이는 기가 막히게 그걸 눈치챈다. 시큰둥한 '응'은 제대로 듣지 않고 건성으로 대답한 거라는 것을 안다. "엄마, 내 얘기 안 들었지?" 하고 꼬집어 얘기하면 뜨끔한 나는 도리어 화를 낸다.

"엄마 중요한 일 하는데 옆에서 왜 자꾸 방해해? 저리 가!"

이처럼 대화라고 하지만 아이에게 일방적인 의견만 전달하거나 아이의 말은 흘려듣는 경우가 많다. 서로 소통하거나 공감해 주는 대화가 아닌 것이다. 아이의 말에 귀 기울이고 일단 인정해 주자. "엄마는 항상 네 편이야."라는 추상적인 말 보다 "괜찮아, 그렇게 느껴도 괜찮아.", "내가 너였다면 울고불고 난리 쳤을 거야."라는 말이 더 힘이 될 수도 있다. 내 맘을 알고 함께해 줄 사람이 있다는 것만으로도 외롭지 않을 것이다. 이제 부모가 묻지 않아도 아이들이 먼저 다가와 말을 꺼낼 것이다.

이 모든 걸 알아도 바쁘고 여유 없다는 핑계로 잔소리가 먼저 나오고, 건성으로 대답하며 하루를 보내기도 한다. 이에 대해 죄책감을 느끼는 대신 마음읽기 시간만큼이라도 아이에게 집중하기로 했다. 핸드폰도 거실에 두고 잠자리를 준비하는 아이 옆에 눕는다. 그때만이라도 아이들의 말과 생각, 감정에만 집중하려고 노력한다. 아이가 하는 말을 가만히 듣다 보면 그동안 내 시선과 속단으로만 받아들이던 모습이 실제 아이의 모습과는 다르다는 걸 느낄 때가 종종 있다.

"내가 끄라고 몇 번 얘기해? 네가 알아서 통제할 거라 믿어서 태블릿 줬더니 이게 뭐 하는 짓이야?"
동영상을 보느라 정신 팔린 아이에게 그만 보라고 얘기한다는 게, 감정에 격해 목소리가 커졌다. 내가 더 심하게 얘기할 것을 염려해 남편이 나서서 한동안 태블릿을 아빠가 관리하겠다며 상황을 마무리했다. 시무룩하게 이빨을 닦겠다고 화장실에 들어간 아이가 한동안 나오지 않았다. 훌쩍이고 있을 게 분명했다. 아이가 동영상을 맘껏 보지 못해 속상해서 그런다고 여겼다. 이러다 컴퓨터 중독이 될까 염려됐다. 그러나 잠자리에 누워 아이가 한 얘기는 전혀 달랐다. 엄마, 아빠 둘 모두에게 혼난 게 처음이라 그게 너무 속상하고 비참했다고 했다. 어린아이에게는 부모가 세상 전부인데, 8년 인생 처음으로 둘 모두에게 부정당한 경험이 아이에게는 충격이었던 것이다. 아이의 맘속엔 동영상을 못 본다는 좌절감 따위는 존재하지도 않았는데, 나 혼자 아이를 '컴퓨터 중독'으로 치부한 것이다.

아이에게 화를 낸 걸 사과했다. 훈육한다는 명목 아래 내 감정이 앞서고 있다는 걸 인지한 덕분이다. '아이가 내 말을 무시하나?' 싶어 혼자 맘 상해하고, 중독이라 속단하고 혼자 실망해서 소리 지른 것을 인정하고 나니 그제야 내 감정 쓰레기통이 되었던 아이가 눈에 들어왔다. 아이에게 동영상 시청 기준조차 세워주지 않고, 때에 따라 주관적으로 '적당히'와 '너무 오래'를 정해왔던 문제 원인도 파악할 수 있었다. 부모가 감정이 앞섰다는 것을 인정하지 않고 '네가 잘못해서 혼낸 거야.'라고 책임을 아이에게 전가했다고 치자. 격한 감정이 실린 말이니 아이는 훈육의 내용에 집중할 수 없다. 그저 내 잘못이 부모를 화나게 했다는 상처를 가지고 부모의 행복에 책임감을 느끼게 된다. 결국 '부모님은 말을 잘 들어야 나를 사랑해 준다.'라고 인식하고 자기 행복은 배제한 채 부모의 사랑을 받기 위한 허울 좋은 허수아비가 되고자 노력할 것이다. 사과받은 경험이 없는 아이에게 사과할 줄 아는 용기를 기대해서도 안 된다. 아이를 위해서라도 부모가 아이에게 용서를 구하는 용기가 필요하다. 그리고 그 부끄러운 일을 하기엔 마음읽기 시간이 최적의 타이밍이다.

세상 모든 부모가 원하는 것은 단 하나, 내 아이의 행복이다. 그러나 부모가 행복을 위한 외부적 요소를 모두 갖춰준다 해도 아이가 행복하다고 느끼지 못하면 그것은 불행이다. 부모가 주입하는 행복의 기준이 아닌 아이 자신이 진정 원하는 것이 무엇인지 귀 기울일 수 있는 시간을 만들어 주자. 진심으로 원하는 행복을 찾을 수 있도록 도와주자. 마음읽기야말로 아이가 내면에 집중할 수 있게 도와주는 부모의 아름다운 뒷바라지이다.

"몰라.", 입을 다물어 버린 아이에게

아이가 오랜만에 친구들을 만나 스쿠터도 타고, 게임도 하며 신나게 시간을 보냈다. 집에 갈 시간이 되자 아쉬운 아이는 친구를 집에 초대했다. 옆에서 듣던 나는 다른 날 초대하자 권했다. 약속 시간에 맞춰 나오느라 집이 폭탄 맞은 듯 엉망이기 때문이다. 그런데 아이는 오늘이 아니면 다 싫다고 나선다.

"오늘 최고로 재미없었어!"
억지로 작별 인사를 하고 나서는데 헤어지기 아쉬운 마음을 생각지 못한 방법으로 표현한다. 세상 다 싫은 듯 툴툴대며 인사도 없이 차에 올라타 버렸다. "헤어지기 싫어서 속상해서 저러는 거야."라고 아이 대신 핑계를 대고는 도망치듯 그 자리를 빠져나왔다. 신나게 놀아놓고 헤어질 때면 저렇게 상대방을 곤란하게 만드니 기운 빠지고 미안한 건 매번 내 몫이다.

속상한 마음 꾹 누르고 집으로 왔다. 그리고 그날 저녁 침대에 나란히 누워 마음읽기를 시작했다. 뭐든 나서기 좋아하는 둘째가 사회를 본다.

"눈을 감으세요. 숨을 크게 쉬시고요. 몸에 힘을 빼세요. 자, 하루를 돌아봅니다. 오늘 오빠부터 시작할게요. 어떤 좋은 일이 있었나요?"

첫째가 대답 없이 조용하다. 성미가 급한 둘째가 재차 묻는다.

"오빠, 얼른 해야지. 빨리 말해봐. 뭐가 좋았어?"

"몰라! 오늘은 최악의 하루였어!"

아이는 휙 돌아눕는다. 아이를 위해 서먹한 아이 친구 부모들과 약속을 잡고 반나절을 공원에서 쩔쩔매었던 건 알아주지 않고 최악이었다니, 서운하고 화가 치민다. 그러나 말하지 않는 것도 허용하는 것이 마음읽기의 규칙이다. 대신 내 차례가 오자 아이의 입장에 빙의해 슬쩍 오늘 일을 흘려본다. 말하고 싶어 혼났다는 듯 침을 꼴깍 삼키며 신이 난 척해본다. 아이가 친구들과 신나게 놀던 장면을 재미나게 묘사한다. 한껏 톤을 올려 아이가 즐거울 때 표현하는 방식을 모방하며 이야기한다. 둘째는 이미 감정 이입되어 말하고 싶어 난리다.

"엄마, 엄마! 나도 그때 너무 재미났어. 오빠들이랑 잡기 놀이 하는데 신이 나서 깔깔 웃었어."

이쯤 되니 첫째도 우리 쪽으로 돌아누워 귀를 쫑긋 세운다. 순간 자기도 모르게 "잡기 놀이할 땐 조금 재미났어." 하며 대화에 끼어든다.

　살다 보면 부정적인 감정이 마음을 지배하여 즐거웠던 기억과 감
정도 집어삼킨다. 특히 아직 미숙한 아이들은 끓어오르지만 정확히
알 수 없는 감정에 어떻게 대처해야 할 줄 몰라 예상치 못한 방법으
로 마음을 드러내기도 한다. 아이가 헤어진다는 아쉬움이라는 감정
에만 치우치지 않았으면 했다. 삶에서 속상하고 아쉬운 일들도 있지
만 그만큼 즐거운 일들도 많다는 것을 깨달았으면 했다. 사람은 본래
부정적인 감정에 휩싸이기 쉽다고 한다. 부정적인 감정도 내 감정으
로써 인정해 주어야 하지만 그것이 마음을 갉아먹기 시작하면 행복
한 기억들은 금세 잊고, 기뻐야 할 순간이 와도 그걸 좋게 받아들
일 여유가 없다. 마음읽기를 통해 부정적인 감정에 끌려다니지 않고
현명하게 표현하고 다스릴 수 있기를 바랬다.

　신났던 일을 회상하고 나면 이제 속상했던 감정도 겸허히 바라보
는 시간을 갖는다.
　"오늘 엄마도 동글이 친구들을 만나 참 즐거웠어. 그래서인지 헤
어질 때 평소보다 더 아쉽더라. 즐거웠던 만큼 더 헤어지기 싫더라
고. 정말 속상했어. 하지만 즐거웠던 기억을 남겨둬야 다음에 만났을
때도 또 재밌게 놀 수 있으니까, 웃으면서 헤어지려고 노력했지. 집
에 오는 길엔 다음엔 뭐 하고 놀까 생각하니까 기대도 되고 기분이

다시 좋아지더라."

아이는 엄마 또한 속상했다는 부분에서 격하게 공감했다. 헤어질 당시의 아쉬운 감정을 토로했지만 이미 많이 누그러져 있었다. 부모도 자신의 마음과 같았다는 것, 내 마음을 부모도 알아주었다는 것에 아이는 이미 속상한 마음을 다스리고 있었다. 아쉬운 만큼 다음에 더 즐거울 수 있다는 감정의 전환을 이해하고 조절해서 표현하는 방법도 키워갔다. 그날 마음읽기는 "다음에 또 만나는 거야?" 하며 즐겁게 마무리했다. 거기다 "다음엔 기분 좋게 헤어질 거야."라고 말해주었으니 내 작전은 어느 정도 성공한 셈이다.

요새 아이들은 어른같이 말을 잘한다는 얘기를 자주 듣는다. 하지만 간과해서는 안 된다. 옛날에도, 지금도, 아이는 아이이다. 언어능력이 발달했다 해서, 혹은 IQ 같은 지능지수가 연령 기준치보다 높다 해서 공감 능력이나 감정통제 능력이 어른만큼 발달한 것은 아니다. 특히 자신의 감정을 어떻게 인지하고, 표현하며 다스려야 하는지는 타고나는 부분은 아니라고 본다. 이 또한 배워야 하는 것이다. 보고 경험하면서 체득하는 것이다. 적게는 매일 마주하는 부모의 행동을 보고 습득하는 것이며, 좀 더 나아가서는 부모가 아이에게 공감하며 알려주는 적절한 표현을 통해 배워가는 것이다.

보태자면 이런 일은 이번이 처음이 아니다. 감정을 주체하지 못하는 아이가 부끄럽기도 하고 상대방에게 미안한 마음에 화가 치밀어 오른 적도 있다. "너 다시는 친구 만나지 마. 매번 이렇게 헤어질 때마다 재미없다고 툴툴댈 거면 왜 보자고 하니? 앞으로 네 친구와 약속 안 잡을 거야!"하고 비꼬면서 아이를 혼냈다. 이미 속이 상해 기분이 좋지 않은데 본인보다 더 화가 난 엄마를 보자 아이는 눈이 휘둥그레 커진다. 친구랑 헤어져 속상하다는 마음은 뒤로 밀려나고 엄마가 왜 화가 났는지 찾느라 두뇌를 풀가동한다. 엄마의 감정적인 모습을 보고 자신을 미워하고 있다는 생각이 들면서 머릿속이 복잡해진다. 친구고 뭐고, 엄마가 최고인 아이에게는 불똥이 떨어진 것이나 다름없다. 집에 오는 내내 씩씩대며 운전하는 엄마의 뒷모습을 보며 안절부절못한다. 집에 도착해서는 알아서 손을 씻고 엄마를 위해 상차리는 것을 도와보지만 젓가락과 숟가락 위치가 바뀌었다느니 하는 핀잔만 들을 따름이다. 아이의 머릿속에서는 이미 친구들과 찬바람 쌩쌩 날리며 헤어진 데에 대한 기억은 흐릿하다. 그렇다고 헤어질 당시 속상한 마음이 지워진 것은 아니다. 생채기로 남아 방치될 뿐이다. 어떻게 헤어져야 좋을지 생각해 볼 여력도 없었으니 친구와 헤어지는 순간이 다시 오면 같은 방식으로 불편한 감정을 공격적으로 드러낸다. 마음에는 치유되지 않은 서운한 감정만 차곡차곡 쌓여있기에 더 날카롭게 표현할 뿐이다. 엄마는 갈수록 표현이 거칠어지는 아이를 문제아 취급하게 될 것이고, 아이는 그런 부모의 취급에 마음의 상처만 늘게될 것이다.

나 또한 완벽한 부모가 아니기에, 특히 내 감정이 먼저인 경우가 아직도 많아서, 억지로 인지하지 않으면 감정적인 나로 회귀하는 경우가 생긴다. 이 사건이 있었을 때도 나를 먼저 다스리기 위해 바로 대응하거나 훈육하지 않았다. 나도 아이도 시간과 여유가 필요했다. 이 때문에 차분하게 하루를 마무리하는 마음읽기를 통해 이러한 일을 돌아보고 이야기해 보길 잘했다고 생각한다.

엄마, 내 마음은 내가 다스려

"엄마, 이거 찢어버려도 돼?"

교육용 만화에 관해 스크랩해두었던 기사를 아이가 들고 서 있다. 표정이 심상치 않아 물었다.

"왜?"

"내가 싫어하는 바보 같은 만화를 좋다고 설명하고 있어."

안 그래도 어릴 적 좋아하던 그 만화를 '바보 같다'라며 시청을 거부한 지 꽤 되었다. 아직도 내 눈엔 어린아이 같은 놈이 벌써 유치하다 느끼는 게 다 있나 싶어 가끔 놀리기도 했다. 그 만화 주인공을 흉내 내며 아이의 반응을 즐겼다. 관련 기사를 들고 씩씩대는 모습이 귀엽기까지 하다.

"그래, 마구 찢어서 마음이 풀린다면 그래도 좋아."

아이는 신나게 찢어서는 쿵쿵 발로 밟기까지 한다. 어? 생각보다 과한 행동에 우려가 되기 시작했다.

"이제 화가 풀렸어?"하고 물으니 아직도 씩씩댄다.

생각보다 심각하구나 싶어 자리를 고쳐 잡고 아이에게 물었다.

"저 만화가 그렇게 싫어?"

"응, 정말 바보 같아." 매번 듣던 말이다.

"네가 생각하는 바보 같다는 게 어떤 거야?"

"저기 나오는 주인공은 노래를 불러야지만 마음이 진정돼. 세상에 속상하거나 화날 때 노래 부르는 사람이 어디 있어? 또, 주인공은 옆에서 어른이 도와주지 않으면 혼자서 마음을 진정시키지 못해. 어른들이 도와주어야 마음을 다스릴 수 있다고. 그게 너무 바보 같아."

"그럼 어떻게 해야 하는데?" 내가 다시 물었다.

"자기 마음인데 혼자서 다스려야지."

서툴게 표현했지만, 의미는 그러했다. 아이의 '바보 같다'라는 말은 저런 유아 프로그램을 보기엔 나이가 들었다는 걸 표현한다고 여겼다. 컸다는 것을 보여주기 위한 겉치레에 불과하다고 치부해왔다. 그동안 아이의 말을 내 멋대로 해석했던 것이 후회되었다. 말을 흘려듣고 오히려 놀렸던 게 미안했다.

아이가 싫어하게 된 만화는 '다니엘 타이거'다. 한국 '뽀뽀뽀'만큼 역사가 깊은 미국의 교육용 만화이다. 영유아기 아이들이 갈등이 생기거나 마음이 상할 때 어떻게 극복하는지를 뮤지컬 형식으로 보여준다. 교육적으로 좋다고 생각하여 아이가 싫다고 해도 들이밀곤 했다.

워낙 어린아이들을 대상으로 하는 데다가 오락보다는 교육을 중점으로 만든 만화다 보니 어른 캐릭터의 개입이 많았다. 주인공 캐릭터는 다소 수동적일 수밖에 없었다. 어른이 보았을 때 '착한 아이', '말 잘 듣는 캐릭터'가 나온답시고 꽤 자란 아이에게 자꾸 들이밀었으니 아이도 그동안 꽤 속이 상했을 것이다. 말 잘 듣는 아이는 어른 관점에서 정해놓은 기준일 뿐이다. 아이 처지에서는 자기 생각 없이 어른의 통제와 지시에만 움직이는 모습이 답답해 보였을 수 있다.

'바보 같다'라는 말을 멋대로 해석한 것도 그렇다. 아이의 표현능력이 아직 완벽할 수 없음을 알면서도 정확히 무슨 말을 하고자 하는지도 묻지 않고 내 멋대로 해석해버렸다. 아이의 거부 반응을 그저 놀림감으로만 치부했으니 답답한 마음이 분노로 표현되었을 것이다.

남편에게 아이와 한 이야기를 전하며 학교에 간 아이를 데리러 갔다. 아이가 차에 오르자 남편이 입을 열었다.

"동글아, 네가 그 만화 싫다고 말했는데도 아빠 엄마가 흘려들어서 미안해. 아빠가 네 맘을 제대로 이해하지 못했었구나. 그 만화 싫어한다는 네 말 존중해. 너의 이야기를 듣고 나니 아빠도 그 만화를 다시 보게 되었어. 네 말이 맞아. 너처럼 감정은 자신이 직접 통제하는 게 맞네. 그걸 깨달았다는 게 정말 대단하다, 우리 아들."

꽤 많이 연습한 게 분명했다. 어색한 공감과 칭찬이지만 진심이 느껴졌다. 아들은 쭉 듣더니 아무 말이 없다. 나와 남편은 백미러로 연신 아이의 눈치를 살폈다. 꽤 오랜 시간 후 아이가 입을 열었다.

"아빠가 그렇게 말해줘서 눈물이 날 거 같이 기뻐. 내 마음을 이해해 줘서 고마워. 나 더 이상 이 만화가 싫지 않아. 아가들에게는 엄청 중요한 이야기야. 동생에게 매일 보여줄 거야."

엄마를 웃게 하는 게 무엇인지 궁금해

"좋아하는 색깔이 뭐예요?"

한참을 고민한다. 끌리는 건 보라색인데 그 색을 좋아하면 사이코라는 이야기를 들은 뒤 대놓고 좋다고 말하기 꺼려진다. 초록색을 좋아한다고 하면 으레 '역시 군인 출신이라 초록을 좋아하는구나.'라는 반응이 돌아오는 것도 싫었다. 이쯤 되면 대답을 기다릴 상대방 눈치가 보인다. 너무 시간을 지체하면 안 될 거 같아 빨간색이라며 어물쩍 넘어간다. 빨강의 이미지처럼 열정적이고 에너지 넘치는 사람처럼 보이기를 희망하면서 말이다.

이런 내가 무슨 색을 좋아하는지 제일 궁금한 사람은 우리 아이들이다. 묻고 돌아서서 또 묻는다. 아이들의 질문이라 별생각 없이 '보라'라고 싱겁게 대답한다.

그 뒤로 아이들은 보라색 꽃만 찾는다. 엄마에게 선물하려고 경쟁적으로 공원을 뒤진다. 아이들이 내 손에 쥐여준 보라색 꽃들은 꽤여러 종류이다. 그중에서 연보랏빛 꽃잎에 노란 수술이 달린 손톱보다도 작은 꽃이 눈길을 사로잡는다. '연보라'라는 말의 어감도 좋아되뇔수록 기분도 좋아졌다.

'좋아한다는 게 이런 거구나! 그냥 보고 듣기만 해도 기분 좋아지는 것, 나도 모르게 눈이 가고 손이 가는 것, 이런 걸 좋아한다고 하는 거구나!'

서른다섯 살에 아이가 준 꽃을 쥐고서야 깨달았다. 좋아한다는 것이 어떤 느낌인지. 처음으로 알아차린 감정에 가슴이 두근거리고 신이 났다.

생각해 보니 내 취향에 대해 단 한 번도 깊게 생각해 본 적 없었다. 내게 어울릴 만한 색상, 내가 멋져 보일 옷, 내가 근사해 보일 직업만 추구해 왔다. 내 눈에 예쁜 것, 내 눈에 멋진 옷, 내가 행복할 직업을 고려해 본 적이 없었다는 걸 깨달았다. 그저 남의 눈에 비친 내모습만 신경 쓰며 살아왔다. 연보라색은 사실 예전부터 눈이 가던 색이었다. 지나가다 연보라색 옷이나 식탁보를 보면 "예쁘다!"라고 감탄하면서도 그 색이 좋아 눈길을 끈 거라고는 생각하지 못했다. 밋밋하고 평범한 나와는 어울리지 않다고 단정하고 한 번도 간직할 생각을 하지 못한 색이다.

그런 내가 아이들 덕에 좋아한다는 것이 무엇인지 알게 되었다. 신이 나 마음속으로 더덩실 춤을 추었다. 그날 마음글쓰기엔 좋아하는 색을 찾았다며 신나게 적고 별표까지 치며 자축했다. 호감 가는 색깔을 알게 되었을 뿐인데 새로운 세상에 들어선 듯 설레었다. 좋아하는 색상과 내 인생은 별개라 생각해 왔는데 양말 한 켤레, 행주 하나, 마음글쓰기 노트 한 권 등 하나씩 연보라색으로 채워갈 생각을 하니 기분이 좋아졌다.

행복은 주어지는 것이 아니라 만들어 가는 것이라 했다. 그러나 나는 행복과 불행이 운명에 의해 주어지는 것이라 여겨왔다. 불행하다는 생각이 들면 그 모든 건 내게 주어진 상황과 주변 사람들 탓이라고만 여겼다. 저절로 또는 타인에 의해 행복해지길 기다렸다. 남들과 비교하며 대단하고 호사스러운 것에서만 행복을 찾으려 했다. 왜 호감 가는 색상으로 내 인생을 꾸밀 생각을 하지 않았을까? 남에게 보이는 내 모습에만 집중한 나머지 내 감정이나 기분 따위는 환경이나 타인이 마음대로 휘두르게 방치해 왔다는 걸 뒤늦게 깨달았다.

아이들이 나를 웃게 만들어 주는 것에 관심 가져주듯, 나도 나를 행복하게 해주는 것에 관심을 두기로 했다. 좋아한다는 것이 어떤 기분이 들게 하는지 알게 되면서 '행복 보물찾기'를 시작했다. 일상에서 내게 기쁨을 주는 것들을 모아보았다. 마음글쓰기 노트 맨 뒷장을 펼치고 내가 좋아하는 것을 나열했다. 연보라, 나무 두 그루가 있는 뒷마당, 햇볕에 마른 빨래 향기 등 일상적인 것이라 좋아한다고 인지하지 못했던 것들을 적어갔다. 좋아하는 것들이 생기니 일상에 파묻혀 피곤해하는 경우가 줄었다. '행복 보물찾기' 덕에 주변을 돌아보게 되었고, 소소한 기쁨을 찾으면서 내가 사는 세상이 훨씬 밝고 생기있게 느껴졌다.

유아기 아이들에게 좋고 싫음은 직관적인 감정이다. 상황도, 타인도 고려하지 않고 원하는 것을 당장 얻을 때까지 울어 재끼기도 한다. 커가면서 욕구를 바로 충족시키지 못하는 일들이 늘어나면서 주변을 살피고 상황을 고려하기 시작한다. 이와 같은 소위 '눈치'는 사회생활에 도움이 되기도 한다. 하지만 어느 순간 나의 욕구나 취향보다 상대방 의사나 남들의 시선이 더 중요해져 버렸다는 게 문제이다. 그렇게 어른이 된 나는 호감이 생기면 어떤 느낌이 드는지도 잊어버리고 살았다. 그러다 아이들 덕에 다시 좋아한다는 것이 어떤 느낌인지 알게 되었다. 내가 진정으로 좋아하는 것이 무엇인지 진심으로 관심 가져주는 아이들을 위해서라도 내 느낌에 솔직하기로 다짐했다.

내가 행복해지자 아이도 행복해졌습니다

어릴 적 나는 겁이 많고 소심했다. 당차고 강인한 친구들이 부러웠다. 나도 그런 사람인 척하려고, 겁나는 걸 숨기려고 입을 닫고 표정을 굳혔다. 어느 순간 웃는 것도 어색해졌다. 마치 세상에 관심이 없는 양 무감각한 사람처럼 행동했다. 차가운 사람처럼 행동하니 주변과 부딪힐 일도 적었다. 겉모습은 그렇게 정적이었으나 내 속은 두려움, 걱정, 좌절, 자기비판으로 정신없이 복잡했다. 내가 이상하고 특이한 사람이기에 마음속에 회오리를 안고 사는 것으로 생각했다. 그래도 남들에게는 그렇게 보이기 싫어 마음을 숨기기에 급급했다.

아이는 그런 날 닮았다. 쉽게 감정이 동요했다. 사슴같이 큰 눈으로 그 감정을 낱낱이 표현했다. 가지고 놀던 장난감을 빼앗겨도 멀뚱히 쳐다보기만 하고, 친구들과 함께하고 싶은 놀이가 있어도 제안한 번 못하고 속이 상해 내 옆에 와서 앉는다. 그런 아이가 답답해서

"가서 돌려 달라고 당당히 얘기해.", "네가 하고 싶은 놀이 해보자고 제안해 봐."라고 부추기지만 아이는 멀찌감치 서서 혼잣말로 중얼거리며 쭈뼛거릴 뿐이다. 그러던 아이가 아빠와 자주 놀러 다닌 뒤로는 모르는 아이에게도 먼저 다가가 같이 놀자 제안한다. 지나가는 사람들에게 환하게 웃으며 안부를 묻는다. 무슨 일이 생겨도 앞에 나서지 않고 다른 사람에게 모두 양보하는 내 모습만 보던 아이가 당당하고 주관이 뚜렷한 남편을 보면서 그 자세를 배워가는 것이다.

내가 변하지 않고는 아이는 변하지 않는다. 내가 행복하지 않고서는 아이에게 행복이 무엇인지 알려줄 수 없는 노릇이다. 내가 신나게 놀아야 아이도 신나게 노는 것이 무엇인 줄 안다. 내가 감정을 억누르지 않아야 아이도 자기감정에 충실한 아이가 될 수 있다. 내 사랑하는 아이들이 내가 행복해지자고 다짐하게 된 이유이다. 내가 사는 삶이 나만을 위한 것이 아니라는 책임감이 생겼다. 대충 살아서는 안 되었다. 내가 사는 방식을 그대로 아이들이 답습할 수 있기 때문이다. 아이들이 살았으면 하는 그 삶에 최대한 가깝게 살아가자고 맘먹었다. 아이들의 행복을 원하는 만큼 나도 행복하게 살기로 했다.

사관학교를 간 이유 가운데 하나는 등록금이 무료라는 점이다. 삼 남매나 되는 우리 남매의 등록금이 부모님께 부담될 거라 여겼다. 아무도 요구하지 않은 그 삶을 살면서 가족들이 내 결정을 희생으로 여겨주길 바랐다. 그러나 부모님은 생각보다 기뻐하지 않으셨다. 그저 안타까워하셨다. 그 뒤로는 내게 어떤 충고나 잔소리도 하지 않으시니 거리감만 느껴졌다. 부모가 되어 보니 알겠다. 우리 가족 누구도 내 희생을 원하지 않았을 거란 걸 말이다. 부모님은 내가 행복하길, 원하는 길로 가길 누구보다 원하셨을 것이다.

내가 아이들을 위해 희생한다고 한들 아이들도 고마워하지 않을 것이다. 내가 자기 삶을 포기하지 않고 즐겁게 영위해 나가는 걸 봐야 아이들도 부모에 대한 부담 없이 자신을 위한 날개를 펼칠 것이다. 아이에게 마음읽기를 강요하는 것보다 나 스스로 마음글쓰기를 지속하는 것이 중요하다고 여기는 이유이다. 행복을 찾고 죄책감과 불안을 버린 여유로운 모습을 보여주는 것이 어찌 보면 아이들에게 더욱 도움이 되는 활동이라 생각한다.

사랑하는 아이들을 위해서라도 자신을 잃지 않았으면 좋겠다. 아이들이 살았으면 하는 모습대로 살아보자. 아이들의 행복을 원한다면 내가 행복해 보자. 나답게 행복하고 성장하게 해주는 질문에 답하는 마음글쓰기를 시작해보자. 질문이 흩어지는 생각을 하나로 모아줄 것이다. 질문에 집중하면서 행복에 이르는 자기만의 답을 찾게 되길 바란다.

내 기분은 내가 정해. 오늘 나는 '행복'을 선택했어.

- 〈이상한 나라의 앨리스〉 중 -

제5장

나행성 마음글쓰기 팁

마음에 드는 펜과 노트 준비하기

까짓것 하루 15분인데 하며 기세등등하게 마음글쓰기를 시작했다. 그러나 나만을 위한 15분을 확보하는 게 생각보다 쉽지 않았다. 마음 잡고 책상에 앉았다 해도 깜박하고 내지 않은 공과금 고지서가 생각난다. 평소엔 신경 쓰지 않던 SNS 대화방에 갑자기 하고 싶은 말이 생긴다. 아이를 재우고 여유롭게 적어야지 하다가도 아이보다 먼저 잠들기 일쑤이다. 문제는 그깟 15분도 못 만드는 내가 미워지기 시작한다는 것이다. 게으르다며 나를 비난하고 작은 목표도 이루지 못하는 내 모습에 좌절한다. 나를 위해 시작한 일이 역으로 나를 갉아먹는 일이 되어간다.

일상에 쫓겨 나를 잃어가지 않기 위한 수단으로 마음글쓰기뿐만 아니라 이를 위한 도구와 공간, 시간 자체에도 가치를 부여하고자 애썼다. 나약한 나를 회유하고 응원하기 위한 각종 장치를 곳곳에 심어

두었다.

기분 좋아지는 필기구 준비하기

새 학기가 시작되면 문구 코너는 정신없이 붐빈다. 시작을 맞이하며 다시금 맘을 잡으려는 사람들이 새로운 필기구를 찾기 때문이다. 나 또한 그렇다. 맘에 드는 노트부터 고르며 의지를 다지곤 한다. 그러나 예쁜 노트에 꾹꾹 눌러쓰는 것도 하루 이틀뿐이다. 한두 쪽만 쓰다가 쌓아둔 노트가 마음을 무겁게 하지만 새해가 되면 또다시 문구점을 향한다.

나행성 프로젝트의 시작은 마음글쓰기를 할 노트를 인증하는 것이었다. 망설여졌다. 노트 한 권을 다 쓸 자신이 없었기 때문이다. 구석에 처박힌 쓰다 만 노트들은 내 포기의 산물이었고, 또 하나의 포기의 증거를 만들고 싶지 않았다. 그러나 마음글쓰기를 2년 가까이 이어오고 있는 지금, 마음글쓰기 노트는 내 성공의 산물이다. 꾹꾹 눌러쓴 덕에 사그락거리는 촉감이 더해진 보물이다. 새 노트나 내게 맞는 필기구를 구하는 것도 또 하나의 즐거움이다.

처음부터 마음글쓰기 자체와 사랑에 빠지기는 힘들 수 있다. 마음글쓰기를 함께하는 노트와 필기구를 취향에 맞게 구비해 둔다면 자주 보고 손에 쥐기 위해서라도 즐겁게 그날의 글쓰기를 시작할 수 있을 것이다. 필기구 취향을 알아가는 것 또한 나를 알아가는 첫걸음이다.

항상 휴대할 수 있는 노트란

얇은 노트

나의 마음글쓰기 두 번째 노트는 화려한 꽃무늬가 새겨진 액세서리 브랜드 노트였다. 청록색 바탕에 커다란 꽃무늬 덕에 어디에 두어도 멋진 액세서리가 돼 주었다. 무엇보다도 얇은 두께 덕에 어디든 휴대할 수 있어 핸드폰, 전자책 리더기와 함께 항상 몸에 지니고 다녔다. 아이를 데리러 갈 때도, 가족끼리 나들이를 갈 때도 언제든 그날 질문에 대해 떠오르는 게 있다면 꺼내어 적는다. 자투리 시간을 나에 대해 성찰하는 시간으로 활용하니 성취감도 들고 뿌듯했다. 무엇보다 시간에 쫓겨 보살핌받지 못하고 억눌리던 감정들을 그때그때 마음글쓰기로 다독여 주니 삶이 더 풍요롭고 행복해졌다.

나만의 노트 쓰는 법

일반 노트를 활용할 때는 양 면을 하루에 할당한다. 왼쪽 면에 하루를 계획하고 오른쪽 면에 마음글쓰기를 진행한다. 가족들이 모두 잠든 새벽, 물 한 잔 마시고 책상에 앉아 노트를 편다. 왼쪽 위에 날짜를 쓰고 네 칸으로 나눈다. 가장 먼저 나에게 해 주고 싶은 말을 적는다. '긍정 확언'이라고 통상 불리는 것으로 원하는 모습을 현재 진행형으로 표현하여 이미 원하는 대로 되고 있다고 확언한다. 원하는 바를 구체적이고 생생하게 표현한다. 확신의 말을 매일 아침 내 손으로 적고 수시로 되뇌어 본다. 미래의 일이라고 생각하는 모습이 점차 현실이 되어가는 것을 느끼게 된다. 확신에 찬 문장이 각인되면서 나도 모르게 확언을 현실화시키기 위한 구체적인 방안을 모색하고 행동으로 옮기기 때문이다.

하단에는 나를 위한 루틴을 체크리스트 형식으로 적는다. 다시 한 번 상기하기 위함이다. 주부가 되니 가정 살림을 챙기느라 정작 나를 위한 시간을 내기가 빠듯하다. 시간을 정해 그 시간에는 자기 계발에 전념해보려 한 적도 있다. 하지만 나만의 시간을 고정적으로 두기가 어려웠다. 운동해볼 요량으로 매트를 깔고 앉으면 온라인 수업을 하는 첫째가 나를 찾는다. 컴퓨터 앞에 앉아 글을 써볼까 하면 둘째가 같이 놀자며 강제 종료 버튼 키를 꾹 누른다. 정해진 시간에 하려다 보니 스트레스만 쌓였다. 유동적으로 시간을 만들어내야 했다. 꼭 해야 할 일을 3~4가지만 정해두고 수시로 노트를 펴가며 체크리스트를 확인했다. 아이들이 뒷마당에서 놀 때 옆에서 글을 쓰고, 아이들 온라인 체육 시간엔 나도 내 운동에 집중했다.

세 번째 칸에는 수시로 생기는 처리해야 할 일을 적는다. 공과금 납부나 책 반납, 아이 준비물 구매와 같은 일이다. 마지막 칸에는 갑자기 떠오른 아이디어나 책에서 본 좋은 글귀를 적는다.

이렇듯 기상부터 잠들 때까지 수시로 넘겨볼 수밖에 없게 만드니 짬이 나는 대로 마음글쓰기도 놓치지 않고 할 수 있었다. 또한 날짜별로 정리된 덕에 나중에 다시 찾아 보기 편했다.

바인더 활용하기

시간 관리를 함께하고 싶다면 바인더를 활용하는 것도 좋다. 〈성과를 지배하는 힘〉을 쓴 강규형 대표는 다이어리나 플래너 대신 바인더를 사용하기를 추천한다. 다이어리나 플래너는 1년 단위로 제한되어 버킷리스트와 같이 장기적으로 가져가야 하는 내용은 매년 옮겨 적어야 하는 경우가 생긴다. 나 또한 플래너, 일기장, 경조사 노트, To-do list 등 여러 가지 노트를 한꺼번에 들고 다니면서 불편한 일이 많았다. 매번 4~5권을 들고 다니기 번거로워 몇 권은 빼고 외출하면 꼭 놓고 온 노트가 필요한 순간이 생긴다. 그렇기 때문에 필요한 부분만 하나의 바인더로 묶어 휴대하는 방법이 매우 유용했다. 위 책에서 '메인 바인더'라고 소개하는 부분으로, 비즈니스 부분과 자기관리 영역을 모두 한 권으로 바인딩한다. 업무에 필요한 각종 자료뿐만 아니라 비전, 연/월/일간 계획 및 아이디어 노트, 금전출납부도 포함한다. 매력적인 점은 바인더는 필요에 따라 원하는 자료를 수시로 추가하거나 뺄 수 있다는 것이다. 나만의 생활 방식에 맞게 양식도 주체적으로 만들 수 있다.

이런 바인더에 마음글쓰기 섹션을 추가했다. 어디를 가든 이 한 권만 챙기면 짬이 나는 순간 언제든 마음글쓰기를 진행할 수 있다. 계획표가 함께 있으니 계획했던 하루와 실제 겪은 하루를 비교하기 쉬워 마음글쓰기에도 도움이 된다.

바인더의 빼고 끼는 것이 쉽다는 장점 덕에 한 달 분량씩 메인 바인더에 끼워 다녔다. 다 쓴 부분은 주제별로 모아 보조 바인더에 보관했다. 한 달 분량씩 나눠두면 목표를 성취하는 데 도움이 된다. 마음글쓰기를 꾸준히 하자는 거시적인 목표보다 '한 달 20번 쓰기'라는 구체적이고 눈에 보이는 목표가 더 이루기 쉬웠다. 미국 미시건 대학교 칼 와익 교수는 이를 '작은 승리 전략(Small Wins Strategy)'이라고 명하는데, 이러한 작은 성취감들이 모여 더 큰 문제도 해결할 수 있는 자신감과 도전 의지가 생긴다고 한다. 나행성 모임을 1년 넘게 이어갈 수 있었던 이유 중 하나도 한 달 단위로 결산하며 프로젝트를 진행했기 때문이다. 구체적이고 실천할 수 있는 목표 덕에 한 달을 성공하면 성취 열매 하나를 수확하고, 어쩌다 한 달 목표를 못 채우면 다음 달에 더 의지를 불태울 수 있었다.

온라인을 활용하는 것도 방법이다. 요즘엔 일기나 바인더, 체크리스트 등이 통합되어 기록하기에 좋게 나온 어플(Evernote, Notion 등)이 많다. 특히 PC와 핸드폰 등 각종 전자 기기가 함께 연동되는 것들이 많으므로 생활 방식에 맞는 방향으로 접근하면 좋겠다. 자신에게 맞는 방법으로 나 자신을 들여다보고 사랑해 주는 시간이 더욱 늘었으면 좋겠다.

나만의 공간 만들기

마음글쓰기를 하는 가장 큰 목적은 자신과의 대화이다. 따라서 혼자만의 시간과 공간에서 진행하는 것이 좋다. 드라마나 모델하우스에서 볼 수 있는 나만의 서재를 가질 수 있다면 좋겠지만 엄마가 되고 나니 내 공간을 우선순위에 두기 어렵다. 아이들에게 공부방, 놀이방, 침실을 만들어 주고 싶은 마음이 더 크기 때문이다. 그렇다고 단념하지 말자. 한정된 조건 내에서도 오롯이 나에게 집중할 수 있는 공간 연출 방법을 모색해 보자.

자투리 공간 활용

어릴 적 아지트를 만드는 것을 좋아했다. 책상에 이불을 뒤집어씌워 문을 만들고 책상 아래 기어들어 가 내 보물인 작은 돌과 귀여운 필기구를 늘어놨다. 안 쓰는 화장실을 방처럼 꾸미는 친구도 있었다.

자투리 공간을 활용해 나만의 아지트를 만들어 보자. 부엌 한구석에 편한 의자를 하나 가져다 두는 것만으로도 내 공간은 만들어진다. 친애하는 놀이작가 홍정은 님은 베란다를 자기만의 공간으로 꾸몄다. 낮은 책꽂이와 앉은뱅이 책상 하나로 시작해 겨울이면 감성 히터, 여름엔 맥주를 더해 365일 글을 쓰고 책을 읽으며 일할 수 있는 공간으로 활용한다. 그녀가 베란다를 자기만의 공간으로 꾸민 이유는 언제든 거실에 있는 아이들을 볼 수 있기 때문이다. 유리문을 통해 아이들의 재잘거림과는 거리를 두되 고개만 들어도 아이들의 안전을 살필 수 있는 매력적인 공간이다. 남들보다 먼저 계절의 변화를 알아챌 수 있는 그녀만의 아지트가 마냥 부럽다.

촛불의 빛이 닿은 그곳

내 책상 하나 없어도 마음만 있다면 그곳이 어디든 나만의 공간이 될 수 있다. 아이들이 모두 잠들면 식탁에 앉아 작은 미니 향초에 불을 피운다. 적막 가운데 촛불만 홀로 춤을 춘다. 보고 있자니 마음이 절로 고요해진다. 촛불의 빛이 닿는 딱 그곳만큼은 오직 나만의 공간이다. 아늑한 그 공간에서 나의 내면에 집중해 본다.

향을 피우기도 한다. 향기가 감정을 자극하기 때문이다. 감정을 담당하는 편도체가 위치한 뇌의 변연계는 원래 후각을 담당하던 곳

이었다고 한다. 인간의 감정이라는 것이 후각에서부터 발달하여 왔
다는 것을 보여준다. 절에서 맡을 법한 향은 생도 시절 느꼈던 감정
을 불러일으킨다. 기숙사 생활은 함께여서 좋았지만, 혼자만의 시간
이 간절했다. 그럴 땐 부대 안에 있는 절을 찾았다. 온기도 없고 향도
꺼져있지만, 잔향이 건물 깊숙이 배어있던 그곳의 고즈넉함이 좋았
다. 생각해 보면 그때도 주머니에 넣어 다니던 노트에 머릿속을 어지
럽게 하던 생각과 고민을 적으면서 평온을 찾았다. 오늘도 느릿하게
향 끝을 빠져나오는 연기를 보며 숨어있는 내 마음을 끄집어내 본다.

청각적인 공간 분리

음악이나 노래로 내 영역을 만드는 것도 하나의 방법이다. 내가
좋아하는 무드를 만드는 것이다. 당장 나를 돌볼만한 공간이 없다
면 시끄러운 카페에서라도 내가 좋아하는 음악을 귀에 꽂자. 두뇌연
구원 노규식 박사는 '음악을 들으며 공부하는 것이 집중력을 흐트러
뜨린다는 가설은 입증된 적 없다.'라고 했다. 즉 음악은 상황에 따라
누군가에게는 집중력을 향상시킬 수 있는 좋은 수단이 될 수도 있는
것이다. 이렇듯 청각으로 외부와 분리하는 것도 나만의 영역을 만드
는 방법이라고 본다. 나를 보듬어줄 여유는 내가 만들기 나름이다.

나만의 시간 확보하기

성장을 꿈꾸는 사람치고 미라클 모닝에 도전해보지 않은 사람이 있을까? 나만의 시간을 가지고자 할 때 시작의 기운이 가득하고 고요한 새벽만큼 좋은 시간은 없을 것이다. 나 또한 나행성 마음글쓰기를 시작하고 얼마 지나지 않아 미라클 모닝에 합류했었다. 혼자는 못할 거 같아 새벽 기상을 인증하는 카페에도 가입해 보았다. 새벽 4시, 알람도 울리기 전 잠에서 깨어 향초에 불을 붙이고 식탁에 앉았다. 그것만으로 뿌듯했다. 일찍 일어났다는 것만으로 다 이룬 기분이었다.

그러나 오래 가지 않았다. 아이가 아파 새벽녘에나 잠들면 겨우 만든 습관이 한순간에 무너졌다. 시간과 분량을 정해 루틴을 만드는 것만큼 지속하기 좋은 방법은 없다고 하지만 어린아이들을 키우며 무엇 하나 내 의지대로 움직이는 것이 없었다. 아이들이 학교라도 갔다면 몰라도 종일 집에 있던 온라인 학습 기간엔 잠시도 앉을 여유가 없었다. 아이들을 챙길수록 나는 뒷전이었다. 그러나 아이들을 위해서라도 성장을 멈추어선 안 되었다. 작은 변화에도 쉽게 좌절하는 모습을 보여줄 수 없었다. 아이 때문에 내 성장을 위한 발걸음을 멈춰야 했다는 내 맘속의 원망이 아이에게 상처가 되게 할 수 없었다. 무엇보다 이런 이유로 마음이 힘들 때 더욱이 필요한 것이 마음글쓰기였다.

이제 아픈 아이를 눕혀두고 그 옆에 요가 매트를 편다. 옷도 제대로 갖춰 입고 운동 동영상을 켠다. 온 신경이 아이에게 가 있더라도 몸을 움직인다. 나마저 몸이 아프면 안 된다며 걱정이나 잡념이 차오르는 것을 누른다. 아이가 잠들면 내 마음도 다스린다. 따스한 노란빛 수면 램프를 향초 대신 벗 삼아 노트에 끼적인다. 아이가 걱정되는 마음도 내 마음이지만 그럼에도 내 체력을 키워야 한다는 생각도 나이기에 두 마음을 모두 끌어안아 준다. 잔병을 달고 사는 어리고 연약한 아이만큼 내 마음도 여리고 자주 아프다. 이런 나를 어르고 달래줄 건 그 누구도 아닌 마음글쓰기다.

마음글쓰기의 상위 개념인 글쓰기 심리 치료에서 추천하는 것이 매일 같은 시간에 같은 주제에 관해서 쓰는 것이다. 마음글쓰기도 마찬가지이다. 미라클 모닝을 여는 한 페이지가 되었든, 하루를 돌아보는 자기 전 글쓰기가 되었든 일정한 시간을 정해서 쓰는 것이 가장 효과가 좋은 건 자명한 사실이다. 그럼에도 불구하고 매일 같은 시간을 할애하지 못한다고 해서 못 할 것 없는 것이 마음글쓰기라는 것을 언급하고 싶다. 부담은 내려놓고 자기만의 방식으로 즐기는 시간이 되었으면 한다. 마음글쓰기 시간만큼은 부담이 아니라 오랜 친구를 만나듯 기다려지는 시간이 되길 바란다.

내 감정에 이름 붙여주기

감정에 사로잡히면 객관적인 상황 파악이 되지 않을 때가 많다. 실수하거나 중요한 것을 놓치기 쉽고 감정적인 결정으로 일을 그르치기도 한다. 또한 머릿속 소용돌이치는 복잡다단한 감정들에 신경 쓰느라 많은 에너지를 소비하여 쉽게 지친다.

이를 막기 위해 내가 사용한 방법은 최대한 빨리 감정을 억제하여 사고할 수 있도록 하는 것이었다. 그러나 몰아치는 감정을 억제한들 그 감정은 없어지지 않았다. 무의식 속에 켜켜이 쌓여가던 감정은 원치 않는 순간에 생각지 못한 방향으로 발현되어 나를 괴롭혔다. 조지 프 버고는 〈마음의 문을 닫고 숨어버린 나에게〉에서 사람들이 부정하는 생각과 감정을 의식에서 몰아내기 위해 방어기제를 사용한다고 했다. 이를 통해 당장 받아들이기 힘든 감정을 보류하면서 어느 정도 내 한계치 이상의 자극을 이겨내는 데 도움을 받는다. 하지만 지나친 방어기제는 격한 감정을 전혀 다른 곳에 표출하게 만든다고 한다. 불편한 감정들을 지속해서 억제하면 가까운 애인이나 친구, 가족 사이에 꼭 필요한 감정마저 몰아내 불만족한 관계만 지속된다고 했다.

그렇다면 어떤 방법이 적절한 감정 표출 방법일까? 여러 가지가 있겠지만 부정적인 감정이라도 일단 어떤 감정인지 정확히 알아채고, 말이나 글로 표현해 보는 것을 추천하는 학자들이 많다. 마음글쓰기도 이러한 테라피 중 하나라고 볼 수 있다. 부정적인 감정을 펜으로 끼적여보는 것만으로도 그 감정 자체가 누그러뜨려진다. 매튜 리버먼 교수는 〈사회적 뇌 인류 성공의 비밀〉에서 감정의 관문인 편도체와 절제된 사고를 담당하는 오른쪽 전전두피질의 상쇄 관계에 관해 설명한다. 슬픔이나 분노를 말로 표현하는 것만으로도 감정을 담당하는 편도체의 활동이 줄어들고, 절제된 사고와 인지를 담당하는 오른쪽 전전두피질이 활성화 된다 했다. 즉, 불쾌한 감정을 '화난다.', '슬프다.' 등으로 표현하는 것이 감정조절에 도움이 된다는 것이다.

기분이 좋다거나 안 좋다는 말로는 부족한 복잡하고 미묘한 감정들이 수없이 많다. 이러한 미세한 차이를 구분하는 다양한 감정 단어를 익히고 적절하게 마음글쓰기에 활용해 보자. 더욱 시원하게 감정이 해소되는 카타르시스를 느낄 수 있을 것이다.

이 외에도 아이의 이야기를 듣고 공감해 줄 때 적절한 감정 단어를 사용하려고 노력했다. 아이가 자신의 감정이 무엇인지 정확히 인지하고 현명하게 표현하기 위해서는 그 마음을 표현하는 말이 무엇인지 아는 것이 가장 우선이라고 생각한다.

"아빠, 아빠표 카레를 먹으니 기분이 좋아서 날아갈 거 같아. 천국의 맛이야."

"엄마, 엄마가 나를 바라보면 엄마 눈동자 속에 나만 보여서 행복해."

"차를 마시니 엄마 품처럼 따뜻하네. 차야, 나를 따뜻하게 해줘서 고마워."

아이들은 스펀지와 같아 부모의 적은 노력에도 금세 감정 단어를 익히고 다양한 방법으로 마음을 표현해 나갈 것이다. 감정이 풍부하고 내면이 건강한 아이로 자랄 수 있도록 마음읽기 시간뿐만 아니라 일상에서도 다양한 감정 단어를 사용해 보자.

"표현하지 않은 감정은 절대 죽지 않는다.
산채로 묻혀서 나중에 더 추한 모습으로 등장한다."

– 지그문트 프로이트 –

나에게 주는 선물

"마음글쓰기 20일 완수를 축하드려요. 자신에게 어떤 선물을 해 주시겠어요?"

아들 같은 남편과 10년을 살아온 자신을 위해 명품가방을 선물한 이야기, 20대 청춘을 다 바친 직장을 때려치우며 보상으로 세계여행 티켓을 구매했다는 이야기는 들어봤다. 그러나 나는 보상해 줄 만큼 대단한 일을 한 것 같지는 않아 머뭇거렸다.

나행성 마음글쓰기는 4주 동안 20일 이상 글쓰기를 인증하면 자신에게 선물을 해 준다. 거의 1/3을 빼 먹어도 성공인 셈이다. 제대로 된 글을 써보지 않던 내가 꾸준히 썼다는 건 스스로 뿌듯해할 일이기는 했다. 벗님들의 축하 메시지도 낯 뜨겁기는 하지만 고맙게 받아들였다. 하지만 스스로 선물해준다는 건 다른 이야기다. 보상이라 하면 모름지기 1년은 고생해야 주는 회사 보너스나, 몇 달을 밤낮으로 준비한 프로젝트를 따냈을 때 받는 것이라 여겼다.

'이 쥐꼬리만 한 일도 성공이라 치자. 그런데 보상까지 해야 한다고?'

불편한 마음이 앞섰다. 적어도 자신에게 이렇게 관대하면 안 된다고 여겼다. 좀 더 몰아세우고 더 많은 성취를 해야 한다고 스스로 요구하는 것이 편했다. 어린 딸에게 내민 칭찬 스티커 판도 100개짜리이다. 100번은 잘해야 보상해 준다는 의미이다. 나 좋으라고 시작한 글쓰기에 보상까지 해 준다는 게 영 내키지 않았다.

"하하……글쎄요."

지금 이 순간이 당황스러운 건 나뿐만이 아닌가 보다. 머뭇거리기는 모두가 마찬가지다. 정적은 또 못 참는 성격이라 정신없이 머리를 굴렸다. 머릿속 장바구니 리스트를 주르륵 훑어, 그럴듯해 보이는 걸 찾아본다.

"운동 수강권이요."

"운동 좋죠. 그런데 그게 정말 한 달간 수고한 안식년 님을 위한 선물인가요? 아니면 또 하나의 자기 계발 수단인가요?"

사실 보상과는 상관없이 이미 구매하기로 맘먹은 것이다. 어차피 살 거, 선물로 주는 것처럼 꾸미려 했던 것을 딱 들켰다. 나머지 벗님들도 쉽게 답하지 못했다. 이미 갖고 싶은 거, 하고 싶은 거 다 하고 살아서 더 보상해 줄 게 없다고 했다. 자신을 위해 뭔가를 구매한다는 게 어색하다고도 하였다. 생각해 보면 어른이 된 이후 칭찬이나 보상을 제대로 받아본 게 손에 꼽힌다. 겸손이 미덕이라 여겨 그나마 받는 칭찬도 손사래 치며 거부하기 일쑤였다.

마음봄 님의 생각은 달랐다. 내가 한 달간 마음글쓰기를 스무 번 한 것은 보상받아 마땅한 일이라 했다. 적어도 나 자신에게만큼은 수고했다 칭찬해 줄 가치가 있다고 했다. 그렇게 격려해주는 것은 이 습관을 계속 이어 나가기 위한 영양분이 될 것이라 했다. 더 나아가 그렇게 작은 성공과 보상을 거듭하다 보면 더 어려운 것도 해낼 수 있는 자신감 또한 선물 받을 것이라 했다. 굳이 물질적인 보상일 필요는 없다. 행복이 되고 기쁨을 주는 것이면 무엇이든 가능했다. 마음봄 님은 그날 마음글쓰기를 끝내면 그 보상으로 원하는 웹소설을 보는 시간을 갖는다고 했다.

처음엔 그렇게 어색했던 한 달 결산이 기다려지게 되었다. 매달 성공하면 어떤 선물을 할지 정하는 일도 짜릿했다. 평소라면 실용적이지 않다고 구매하지 않았을 꽃무늬 가득한 연보라 양말을 골라두기도 하고, 몇 년 전부터 세일하기만을 기다리던 핸드크림을 정가에 구매하겠다고 맘먹기도 했다. 하루하루 목표를 채워나가면서 선물에 근접해지니 매일 행복이 쌓였다. 마음글쓰기 1주년 기념 온라인 파티 날에는 나에게 호캉스를 선물로 주기도 했다. 오랜만에 혼자만의 시간을 즐기며 화상으로 연결된 나행성 벗님들과 자축했다.

이것 또한 혼자 했다면 흐지부지되었을 것이다. 벗님들과 작은 성공을 격려하고, 선물을 인증하며 기쁨은 배가 되었다. 6년 동안 화장대가 없던 자신을 위해 화장대를 선물하기도 하고, 평소에 가기 힘든 바닷가 멋진 식당에서 브런치를 즐겼다는 소식을 들으면 내 일처럼 기뻤다. 성취에 대한 보상으로 스스로에게 선물한 것이고 나름의 사연이 더해졌기에 값어치를 매길 수 없을 멋진 선물이었다.

나이가 차면서 저절로 어른이 되었다. 청소년기에는 남부럽지 않은 삶이었는데, 어른이 된 뒤에는 하는 일마다 다 꼬였다고 여겼다. 생각해 보니 학창 시절엔 내 학년, 내 나이에 맞는 목표치대로만 살면 되었다. 그러다 반갑지 않은 '어른'이라는 타이틀을 갖게 된 이후로는 스스로 목표를 세워야 했다. 청년의 가능성은 무한하다 하니 그렇게 무한대에 가까운 목표를 세워야 한다 생각했다. 자서전이나 자기계발서에 나온 사람들처럼 살아야 한다고 생각했다. 그들과 같은 목표를 세우고 높은 기준을 부여했다. 남들이 보기에 성공적인 삶이어야 했기에 타인이 세워놓은 성공의 기준을 나에게 들이밀었다. 남들이 하면 나도 해야 하는 줄만 알았고, 할 수 있으리라 여겼다. 그러나 결국 이루지 못한 것이 더 많았다. 포기하고 나면 또 다른 계발서를 읽고 따라 해 보지만, 다시 중도 포기이다. 말 그대로 실패의 연속이었다. 결국 나이가 들수록 자괴심만 쌓여갔다.

좌절이라는 게 무섭다. 채무 이자처럼 복리로 붙었다. 일상이 엉망이 되는 것을 마다하지 않고 도전한 대학원 입학에 실패했을 땐 엄마의 빈자리로 힘들어하는 아이들, 오해로 가득한 부부관계만이 남아 있었다. 떨어진 걸 들킬까 노심초사하느라 움츠러들었고, 실패에만 연연해 잔뜩 긴장한 탓에 유연하게 상황에 대처할 수 없었다. 스스로 가치 절하할수록 실수는 반복되었고, 점점 못난 사람이 되어 갔다. 무의식적으로 실패에 집중하고 있었다. 마음속 길은 성공보다 실패를 더 잘 기억하고 상기시키게 프로그램 돼 버렸다. 성공은 쉽게 잊고 실패는 확대하여 해석하게 돼 버렸다.

사실 이는 매우 자연스러운 뇌의 오류이다. 행동경제학에서는 같은 양이라 하더라도 그만큼을 잃었을 때의 상실감이 같은 양을 획득했을 때의 기쁨보다 크다고 느낀다고 보고 있다. 인간은 성공보다 실패에 더 비중을 둘 수밖에 없는 것이다. 스스로 뇌의 오류를 인지하고 작더라도 더 많은 성공을 쌓아야 할 이유가 여기에 있었다. 선물들을 볼 때면 성공을 함께 상기하게 된다. 실패에 집중하도록 깊게 파인 생각 회로를 점점 긍정적인 방향으로 돌릴 수 있도록 도와준다. 보상을 통해 성공에 집중하는 새로운 길을 튼튼하게 다져나갈 수 있다.

나를 달래고 성장시켜야 할 사람은 결국 나다. 마음글쓰기를 통해 여리고 겁 많은 모습도 나 자신임을 인정하고 사랑하게 되었다면, '나에게 주는 선물'은 나를 칭찬하고 북돋아 주며 앞으로 나아갈 힘을 실어준다. 나도 소중한 존재이기에 사랑하는 아이들에게 하듯이 내 행복과 기쁨에 아낌없이 투자한다. 난 그럴 자격이 있으니까.

"그녀는 더 이상 무의식에 휘둘리지 않기로 마음먹었다. 그녀는 비 내리는 창가에 편안한 자세로 앉아, 시험 기간에 스트레스받았던 순간을 떠올리는 대신 어쨌거나 시험을 잘 치러냈던 순간들에만 집중했다. (중략) 잊지 마세요. 손님들께서는 스스로 생각하는 것보다 많은 것들을 이겨내며 살고 계십니다. 그리고 그것을 깨닫는 순간 이전보다 훨씬 나아질 수 있죠."

— 이미예의 〈달러구트 꿈 백화점〉 중 —

마치는 글

우리 삶은 계획대로 되는 경우보다 그렇지 않은 경우가 더 많습니다. 진로상담 분야의 대가인 존 크롬볼츠는 계획하지 않았던 우연한 사건이 사람들의 삶에 큰 영향을 미친다는 것을 강조했습니다. 예상하지 못한 사건이 발생했을 때 자신의 삶을 향상시키는 데 도움이 되는 긍정적 방식으로 반응하는 것이 중요하다고 했지요. 이렇게 예기치 않은 사건을 긍정적인 기회로 활용하는 접근 방식을 계획된 우연(planned happenstance)이라고 합니다.

이 책을 쓴 것도, 나행성 마음글쓰기 모임을 운영한 것도 계획된 우연에 의해 일어났다는 생각이 듭니다. 우연히 들춰 본 책에서 발견한 한 구절이 눈길을 끌어 끝까지 책을 읽고 마음글쓰기를 하게 되었습니다. 다양한 책을 읽으려고 참가한 독서 모임에서 뜻하지 않게 강의를 듣고 온라인 마음글쓰기 모임을 만드는 데 동기부여가 되었습니다. 우선 한 달만 사람들을 모아 같이 마음글쓰기를 해보려고 시작한 작은 프로젝트가 어쩌다 보니 1년이 되었습니다. 나행성 프로젝트 1주년을 2개월 정도 앞두었을 때, 우연히 블로그 안부 게시판에서 짧은 메시지를 발견했습니다. 출간에 관심이 있으면 연락을 달라는 메모였습니다. 처음에는 스팸 글이 아닐까 의심했지만, 갑자기 프로젝트 1주년 기념으로 멤버들과 함께 책을 써보면 어떨까 하는 생각이 섬광처럼 스쳤습니다. 마음글쓰기를 하면서 배우고 경험한 내용을 책으로 쓰면 우리 스스로도 정리가 되고, 나답게 성장하고 행복해지고 싶은 다른 분들에게도 작은 도움이 될 것 같았습니다. 모임을 의미 있게 마무리하기에도 딱 좋겠다고 여겨졌습니다. 순간적으로 스쳤던 생각을 책이라는 구체적인 결과물로 만들기까지 수많은 우여곡절이 있었습니다. 그냥 공저를 쓰지 말고 단독으로 책을 써라, 제 커리어와 관련된 책을 쓰지 왜 엉뚱한 책을 쓰느냐는 반대에 부딪치기도 하고, 기대할 테니 열심히 하라는 격려를 받기도 했습니다.

여러 우연과 예기치 않은 일들이 끊임없이 일어나는 삶 속에서 어디에 초점을 맞추고 무엇에 집중할 것인지를 선택하는 것은 쉽지 않은 일입니다. 지속 가능한 성장과 행복을 위해서는 나 자신을 살펴볼 필요가 있습니다. 마음글쓰기를 통해 자신에게 충만함과 결핍을 주는 것이 무엇인지 알아차리면서 내 마음을 공부하다 보면 뜻밖의 사건을 내 편으로 만들고 새로운 기회를 발견할 수도 있습니다. 어쩌면 여러분이 지금 이 책을 펼친 것도 계획된 우연이 아닐까요? 유명작가도 아닌 평범한 엄마들이 쓴 책을 계획하고 읽게 될 확률이 얼마나 높을까요. 이 우연을 여러분의 삶에 도움이 되는 긍정적 기회로 활용하시길 간절히 바랍니다.

지난 2년간 마음글쓰기라는 도구를 통해 나 자신을 살펴보면서 내가 어떤 사람이고 무엇을 바라는지 알고자 했습니다. 나 자신과 삶에 대해 새로운 관점을 얻고, 조금씩 나답게 성장하고 있습니다. 여전히 자주 넘어지지만 툭툭 털고 일어납니다. 원래 넘어지고 일어서면서, 오르락내리락하면서 걸어가는 것이 삶이라는 것을 배웠습니다. 그 여정을 여러분과 함께 나누고 싶습니다. 하루의 1%에 해당하는 시간만 내어 자기 자신을 살펴보시기를 바랍니다. 긍정적인 면이든 부정적인 면이든 자신을 더 깊이 이해하고 수용하고 존중하는 시간을 통해 어제보다 한 걸음 더 성장할 수 있습니다. 나다운 행복을 누리게 됩니다.

꼭 마음글쓰기를 하지 않아도 좋습니다. 여러분에게 더 잘 맞고 유용한 도구가 있다면 마땅히 그 도구를 활용하셔야지요. 하지만 아직까지 더 좋은 도구를 찾지 못하셨다면 일단 마음글쓰기를 시도해보시길 추천드립니다. 마음글쓰기를 하다 보면 무엇이 자신에게 더 잘 맞고 좋은지 발견할 수도 있지 않을까 싶습니다. 강을 건너간 뒤에는 나룻배를 두고 떠나는 것처럼 마음글쓰기를 통해 자신의 강을 건넌 다음 새로운 길로 나아가시길 바라겠습니다.

나행성 모임은 저에게 일종의 사이드 프로젝트였습니다. 나답게 행복해지고 성장하자는 야심 찬(?) 구호를 내걸었지만, 실상은 본업과 무관하게 그냥 하고 싶고, 재미있고 의미 있을 것 같아서 시작한 일입니다. 목표를 가지고 책임감 있게 해나갔지만 돈을 벌기 위해서나 본업에 도움이 되기 위해서 한 일은 아닙니다. 그럼에도 나행성 마음글쓰기 프로젝트를 통해 일상에서 소소한 기쁨과 의미를 지속해서 발굴했으니 남는 장사입니다. 세계적 기업인 구글에서는 업무시간의 20%를 사이드 프로젝트를 할 수 있도록 장려한다고 하네요. 타성에서 벗어나 활력을 얻고 새로운 관점을 얻을 수 있기 때문이 아닐까요? 여러분도 무엇이든 작은 사이드 프로젝트를 통해 새로운 경험과 배움을 얻고, 에너지와 가치를 만들면 좋겠습니다. 무엇보다 자기 자신에 대해 배울 수 있으면 좋겠습니다. 제가 '일단 해보고 안 되면 말지 뭐'라는 셀프 토크로 처음에 나행성 모임을 시작할 힘을 얻었던 것처럼 작고 가볍게 시작하고 꾸준히 해나가면 작은 변화를 만들어 낼 수 있습니다. 작은 변화가 큰 변화를 이끌어 냅니다.

코로나 19로 저희는 '나답게 성장하고 행복해지기 위해' 방구석에서 마음 여행을 했습니다. 이제 여러분이 떠날 차례입니다. 원하신다면, 언제 어디서든 얼마든지 마음 여행을 할 수 있습니다. 모두가 자신을 있는 그대로 받아들이고 더 성장하고 행복하시길, 그 여정에 이 책이 조금이나마 도움이 되기를 바랍니다. 감사합니다.

현채송

나행성 베스트 질문 목록

♡ 나행성 베스트 질문 목록은 저자들이 1년 동안 매주 자기 자신에게 던졌던 질문들 가운데 가장 마음에 와닿았던 질문, 자신을 가장 많이 성장시킨 질문을 뽑은 것입니다.

질문의 순서는 상관없으니 원하는 질문을 뽑아 하루 15분, 자신과 만나는 마음글쓰기를 시작해 보세요! (2장에서 나행성 하다 p77~82 참고)

<1주차>

> 오늘 가장 기운 나는 순간은 언제였나요?
> 오늘 가장 기운 빠지는 순간은 언제였나요?

<2주차>

> 오늘 가장 감사한 일은 무엇이었나요?
> 오늘 가장 감사하지 않았던 일은 무엇이었나요?

<3주차>

> 오늘 내가 가장 용기 있게 행동했던 때는 언제인가요?
> 오늘 내가 가장 용기 없었던 때는 언제인가요?

<4주차>

> 오늘 내가 가장 자랑스러웠던 순간은 언제인가요?
> 오늘 내가 가장 자랑스럽지 않았던 순간은 언제인가요?

<5주차>

오늘 나의 가치대로 살았던 순간은 언제인가요?

오늘 나의 가치대로 살지 않았던 순간은 언제인가요?

<6주차>

오늘 내가 나 자신을 인정해 준 일은 무엇인가요?

오늘 내가 다른 사람에게 인정받기 위해 한 일은 무엇인가요?

<7주차>

오늘 내가 나 자신을 칭찬, 지지, 격려해 준 때는 언제인가요?

오늘 내가 나 자신을 비난했을 때는 언제인가요?

♡ 원하신다면 아래와 같은 추가 질문을 할 수 있습니다.

어떤 말과 행동으로 자신을 칭찬, 지지, 격려했나요?

자기 칭찬, 지지, 격려 후 기분은 어땠나요?

나 자신을 칭찬, 지지, 격려하는 것은 어떤 도움이 될까요?

어떤 말과 행동으로 자신을 비난했나요?

자기 비난을 할 때 주로 하는 말이 무엇인가요?

자기 비난 후 기분은 어땠나요?

내가 나 자신을 비난하는 이유는 뭘까요?

<8주차>

오늘 내가 나눈 것은 무엇인가요?

오늘 내가 나누지 못한 것은 무엇인가요?

<9주차>

오늘 기쁘고 만족감을 느낀 일은 나의 어떤 욕구를 충족시켜 주었나요?

오늘 스트레스 받았던 일은 나의 어떤 욕구를 충족시키지 못했나요?

<10주차>

오늘 나는 언제 나에게 필요한 것을 요청했나요?

오늘 나는 언제 나에게 필요한 것을 요청하지 않았나요?

<11주차>

오늘 내가 하기로 선택한 것은 무엇인가요?

오늘 내가 하지 않기로 선택한 것은 무엇인가요?

<12주차>

오늘 내가 긍정적이 되도록 하는 데 가장 도움이 된 것은 무엇인가요?

오늘 내가 부정적이 되도록 하는 데 가장 영향을 준 것은 무엇인가요?

나행성 체크리스트 (2개월분)

♡ 마음글쓰기를 한 다음, 아래 체크리스트에 표시해 보세요. 마음에 드는
스티커를 붙이셔도 좋습니다. 날마다 하셔도 좋지만, 처음에는 4주 동안
20일을 목표로 하시면 시작하는 부담을 덜 수 있지 않을까요? 다음 장에
는 날짜별 체크리스트를 수록했으니 마음에 드는 체크리스트를 골라서
사용하세요!

	월	화	수	목	금	토	일
1주차							
2주차							
3주차							
4주차							

	월	화	수	목	금	토	일
1주차							
2주차							
3주차							
4주차							

나행성 체크리스트 (2개월분)

♡ 마음글쓰기를 한 다음, 아래 체크리스트에 ○표해 보세요. 직접 날짜를 쓰고 예쁜 스티커를 붙이셔도 좋습니다.

( )일 1일차	( )일 2일차	( )일 3일차	( )일 4일차	( )일 5일차	( )일 6일차	( )일 7일차	( )일 8일차	( )일 9일차	( )일 10일차
( )일 11일차	( )일 12일차	( )일 13일차	( )일 14일차	( )일 15일차	( )일 16일차	( )일 17일차	( )일 18일차	( )일 19일차	( )일 20일차

( )일 1일차	( )일 2일차	( )일 3일차	( )일 4일차	( )일 5일차	( )일 6일차	( )일 7일차	( )일 8일차	( )일 9일차	( )일 10일차
( )일 11일차	( )일 12일차	( )일 13일차	( )일 14일차	( )일 15일차	( )일 16일차	( )일 17일차	( )일 18일차	( )일 19일차	( )일 20일차

나행성 마음글쓰기 후 느낀 점

♡ 나행성 마음글쓰기를 한 다음에 생각을 정리해 보세요. 매일 하셔도 좋지만, 적어도 주 1회 정도는 아래에 첨부한 내용을 기록해 봅니다. 요일과 시간은 자유롭게 정하시면 됩니다.

◆ 나행성 마음글쓰기를 하고 난 지금 기분은 어떤가요?

◆ 오늘 나행성 마음글쓰기를 하면서 느낀 점은 무엇입니까?

◆ 일주일 동안 나행성 마음글쓰기의 질문에 응답하면서 좋았던 점이나 어려웠던 점, 배우고 성장한 점 등 느낀 점을 자유롭게 적어 보세요.

[부록4]

주관적 행복 척도

◆ 다음 내용을 읽고 당신을 가장 잘 나타낸다고 생각되는 숫자에 체크하십시오.(4개의 각 문항마다 체크리스트의 양 끝에 표시된 표현이 다르다는 사실에 유의하십시오.)

1. 나는 자신이 대체로 _____이라고 생각한다.

매우 행복하지 않은 사람 ①…②…③…④…⑤…⑥…⑦ 매우 행복한 사람

2. 대부분의 내 연배들과 비교해볼 때 나는 자신이 _____라고 생각한다.

덜 행복하다 ①…②…③…④…⑤…⑥…⑦ 더 행복하다

3. '어떤 사람들은 대체로 매우 행복하다. 그런 사람들은 삶에서 어떤 일이 일어나든 상관없이 모든 것을 최대한 누리면서 삶을 즐기는 것 같다.'
이 진술은 당신을 어느 정도 잘 나타내는가?

전혀 해당되지 않는다 ①…②…③…④…⑤…⑥…⑦ 매우 크게 해당된다

4. '어떤 사람들은 대체로 행복하지 않다. 우울증을 앓는 것은 아니지만, 그들이 마땅히 행복해야 할 만큼 행복해 보이지 않는다.'
이 진술은 당신을 묘사하는 데 어느 정도나 해당되는가?

매우 크게 해당된다 ①…②…③…④…⑤…⑥…⑦ 전혀 해당되지 않는다

◆ 점수 계산 방법

1. 각 문항의 점수를 전부 더합니다.
   1번+2번+3번+4번 점수 = (   )

2. 위에서 산출한 총점을 4로 나눕니다. (   ) ÷ 4 =
   1차 측정 날짜 :   행복 점수 :
   2차 측정 날짜 :   행복 점수 :

* 나행성 마음글쓰기 1일 차 시작 전에 체크하시고, 매일 나행성 마음글
  쓰기 4주 후에 체크해 보세요.

* 출처 : Lyubomirsky, S. & Lepper, H. S. (1999). A measure of subjective happiness: Preliminary reliability and construct validation. *Social Indicators Research, 46,* 137-155.

돈 안 들이고 행복해지는 엄마의 마음여행

나답게 행복해지고 성장하는 마음글쓰기, 나행성

인쇄일	2021년 12월 13일
발행일	2021년 12월 15일
저 자	현채송·정가윤
발행처	뱅크북
신고번호	제2017-000055호
주 소	서울시 금천구 가산동 시흥대로 123 다길
전 화	(02) 866-9410
팩 스	(02) 855-9411
이메일	san2315@naver.com

ISBN 979-11-90046-31-2